Deux petites bourgeoises

DU MÊME AUTEUR

L'Increvable Monsieur Schneck, Stock, 2006. Prix Murat 2007

Sa petite chérie, Stock, 2007

Val de Grâce, Stock, 2008. Grand Prix de l'Héroïne Madame Figaro 2009

Une femme célèbre, Stock, 2010. Prix Anna de Noailles de l'Académie française 2011

La Réparation, Grasset, 2012. Prix Thyde Monnier de la Société des gens de lettres, 2012

Mon petit Calder, avec Emmanuel Javal, illustrations d'Iris de Moüy, Hélium, 2013

Mai 1967, Robert Laffont, 2014. Prix Messardière – Roman de l'Été 2014

Dix-sept ans, Grasset, 2015

Sœurs de miséricorde, Stock, 2015

Les Guerres de mon père, Stock, 2018. Prix Marcel Pagnol 2018

La Tendresse du crawl, Grasset, 2019

Nuits d'été à Brooklyn, Stock, 2020

Colombe Schneck

Deux petites bourgeoises

Stock

Couverture : Sacha Floch Poliakoff

ISBN 978-2-234-09010-1

À la mémoire de mon amie Emmanuelle
(1966-2018)

Il y a seulement des gens qui disparaissent
et dont on ne parle plus – et dont on parlera
peut-être plus tard, quand on aura
oublié qu'ils sont morts.
La mort est devenue innommable.

Philippe Ariès, *Essais sur l'histoire de la mort*
en Occident du Moyen Âge à nos jours

L'un des plus grands risques dans la vie est
la famille dans laquelle on naît.

Emmanuel Fahri (1978-2020)

Août 2018

Héloïse est restée à Paris tout l'été, pourtant elle ne reçoit plus de traitement.

Esther rentre de quinze jours à Patmos, elle a nagé, lu, pleuré un peu sur sa vie amoureuse et s'est bien amusée.

Héloïse a l'habitude de parler clairement, en regardant dans les yeux, sans les ambages qui nous arrangent. Elle annonce à Esther : « Je sais que je ne vais pas m'en sortir. »

Esther ne sait pas quoi répondre.

Héloïse continue : « Je vais mourir. »

Esther ne trouve toujours pas ce qu'elle pourrait dire.

Héloïse ajoute : « Cela m'angoisse beaucoup. »

Esther bafouille : « J'espère que tu vas aller mieux », alors qu'elle sait qu'elle n'ira pas mieux. Le serveur arrive, Héloïse affirme qu'elle a faim et qu'elle veut manger des huîtres, Esther, elle, n'a plus faim, elle ment à nouveau à Héloïse, elle a mangé un truc avant de la rejoindre, c'est la raison pour laquelle elle n'a pas faim, pas à cause de ce que vient de lui dire son amie.

Héloïse commande, elle est souriante, polie, efficace, comme si la mort ne dînait pas avec elles.

Elle boit un verre de pouilly-fuissé. Elle sait faire la différence entre un bon vin et un vin qui veut faire croire qu'il est bon. Esther, elle, est capable de les confondre.

Héloïse a une confidence à faire à son amie, son regard s'éclaire.

C'est à propos de son ex-mari. Ah bon ? Oui. Ils se parlent à nouveau, ils passent des heures au téléphone. Ils ne se voient pas ? Non, il n'ose pas, mais ils se parlent de musique, des enfants, de tout. Elle l'aime toujours, elle se demande s'il serait possible qu'ils se retrouvent. Il ne lui rend jamais visite, d'accord, il a certainement peur de sa maladie, mais elle ne s'ennuie pas avec lui. Il vient de quitter sa dernière compagne. Esther acquiesce, peut-être oui, cela vaut le coup.

La faim d'Esther revient, elle mange les huîtres d'Héloïse et lui demande, où est ton amoureux, celui qui est là, ne se contente pas de téléphoner, celui dont tu m'as raconté qu'il te prend dans ses bras et te regarde pendant des heures, que jamais un homme n'a été aussi tendre ? Il a appris qu'elle était malade alors qu'ils étaient ensemble depuis quinze jours, il est resté sans ciller, admiratif et courageux.

Il est allé prier à Lourdes, j'aurais préféré qu'il soit là. L'amoureux est croyant. Esther s'entend déclarer, les miracles de Lourdes ont une réalité, la preuve, et invente l'histoire d'une femme qui a été guérie d'une maladie mortelle à Lourdes.

Héloïse et Esther comparent les qualités de l'ex-mari et de l'amoureux, elles pèsent le pour et le contre. Son amoureux actuel, oui il est merveilleux. Esther l'encourage. Héloïse est d'accord, son amoureux est merveilleux, elle l'aime toujours, il est généreux, il n'a jamais flanché face à sa maladie mortelle.

Héloïse commande des profiteroles au chocolat et remarque un homme, un habitué de ce café. Il est écrivain (ce café, le Select, situé dans le VIe arrondissement est, bien sûr, peuplé d'écrivains). L'écrivain n'a jamais distingué Esther qui elle aussi fréquente ce café, ce qui la vexe. Il regarde fixement Héloïse, l'air très séduit, elle rougit.

Héloïse pouffe, l'inconnu lui plaît, elle lui sourit.

Héloïse veut connaître tout ce qu'elle sait sur cet homme.

Esther cherche des informations sur son téléphone.

Héloïse laisse Esther terminer son assiette de profiteroles au chocolat, Esther se rend compte qu'elle n'y a pas touché. Héloïse a mal au ventre. Elle a envie de rentrer.

Arrivée chez elle, Héloïse appelle Esther.

Esther est inquiète quand elle voit l'appel d'Héloïse, elle aurait dû la raccompagner.

Mais Héloïse veut lui parler du type du café.

– Il est vraiment mignon ce type, comment il s'appelle déjà ? Un écrivain. C'est bien, ce qu'il écrit ? Cela me plairait ? Je ne suis jamais sortie avec un écrivain. Tu crois que je peux lui plaire ?

Esther lui assure que oui, il avait l'air très séduit, sans épiloguer sur ce qu'elle pense d'un écrivain comme petit ami potentiel pour Héloïse.

– C'est facile, il est là tous les soirs, on peut y retourner quand tu veux.

Héloïse n'a pas revu l'écrivain, elle est morte quinze jours après.

Héloïse et Esther se connaissent depuis qu'elles ont onze ans. Ensemble, c'est ce sujet, l'amour, plus que les élections, plus que le réchauffement climatique, plus que l'avenir du monde, qui leur importait. Elles n'étaient pas des filles cool, engagées, militantes, elles étaient des filles qui recherchaient l'amour des garçons.

1977

Sur les riches, sur les bourgeois, on croit savoir d'avance, c'est comme les cochons, on ne les aime pas.

Bourgeois ou borné, selon un excellent dictionnaire des synonymes, bourgeois ou commun, bourgeois ou conformiste, conventionnel, égoïste, formaliste, grossier, lourd, médiocre, moyen, pantouflard, philistin, médiocre, singe, trivial, bourgeois ou vulgaire.

Les bourgeois sont malheureux et c'est leur faute. Ils sont là, à geindre avec leurs problèmes de riches, leurs dépressions, leurs régimes, les travaux dans leur appartement, la poussière, leurs domestiques, la queue aux télésièges. Quant aux bourgeoises ? Forcément étriquées, mal baisées, la peau trop tendue, les pieds serrés dans des escarpins, la main agrippée à leur sac. Et leurs enfants, et leurs filles surtout ? Aucun espoir que cela s'arrange.

Esther et Héloïse se rencontrent donc en sixième, elles sont dans la même classe à l'École alsacienne, une école privée parisienne, une école pour bourgeois libéraux, les pires, ceux qui ont toutes les chances, sans les règles, qui pensent être du bon côté parce qu'ils sont de gauche, qu'ils échapperaient ainsi à cette accusation, « Bourgeois ! ». Sale race.

Elles sont des filles à papa, des gosses de riches, la cuillère en argent dans la bouche, pendant longtemps elles ne connaîtront rien d'autre, des lunettes noires sur les yeux, leurs pistons, leurs stages, leurs tee-shirts agnès b, leurs meilleures places dans le train. Qu'elles souffrent comme tout le monde. Qu'on les enferme. Qu'elles soient humiliées, rabaissées. Qu'elles subissent ce que toutes les petites filles, les adolescentes, les femmes du monde subissent, il n'y a pas de raison qu'elles échappent, parce qu'elles sont nées dans les bons quartiers, au sort qui leur est réservé.

Pourquoi Héloïse et Esther et pourquoi pas nous ?

Il suffit de regarder leurs mères, elles ont quarante ans mais l'air d'en avoir trente. Leur peau lisse et massée par des crèmes de chez Guerlain au parfum délicat, leurs ongles faits, leur ventre sans vergetures malgré les grossesses. Leur présence de reines dans la vie de leurs enfants. Le baiser qu'elles leur accordent avant de sortir dîner. Il faut ouvrir l'armoire de leurs mères où sur des cintres en bois se succèdent des chemises en soie rangées par dégradés de couleurs et repassées par d'autres femmes qui n'ont pas leur chance. Il suffit de voir comment elles remplissent leur frigo : de la mousse au chocolat artisanale dans des pots en verre sans additif dégoûtant qui donne le cancer, des petits pois ultra-fins qui exigent qu'une personne payée pour cela les écosse à la main, du café en grains à la saveur incomparable qu'il faudra moudre dans une machine adéquate quelques minutes avant d'être servi.

Il suffit de regarder Héloïse et Esther lire dans leur chambre qu'elles ne partagent avec personne, les murs recouverts de tissus à fleurs de chez Laura Ashley, les livres qu'elles n'auront pas besoin de rendre à la bibliothèque, le calme, jamais le cri d'un voisin ne vous dérange, jamais le son d'une télé trop forte ne traverse les murs, les draps dans leur lit, en percale unie, les oreillers assortis, leurs sous-vêtements à rayures roses et blanches en pur coton, la moquette claire sans tache, elles peuvent se lever la nuit, elles n'auront pas froid aux pieds, leur robe de chambre en laine d'Écosse, leurs chaussons en cuir rouge, les miniatures de parfums qu'elles collectionnent, leurs emplois du temps du mercredi, leurs cours de danse, d'équitation, d'anglais, de piano, de chinois, leurs emplois du temps du samedi, les cours de dessin, de théâtre, de tennis, de natation. On les emmène à l'Opéra, à la Comédie-Française, au musée d'Art moderne, mais jamais dans des centres commerciaux, leurs vacances d'été et leurs vacances d'hiver, et même leurs vacances de la Toussaint et leurs vacances de Pâques, ces vacances où il pleut, où on s'ennuie, mais pas pour Esther et Héloïse qui partent perfectionner la flexion de leurs genoux à ski, leur prise de main sur leur raquette, leur accent britannique, leur connaissance de la Renaissance italienne.

Elles ont onze ans et ont déjà visité l'Italie, l'Espagne, les États-Unis, mais jamais l'URSS, les pays d'Europe de l'Est et les campings.

Cet été 1977, Esther passe une semaine avec ses parents à Porquerolles, une île de la Méditerranée où les vacanciers roulent à vélo. L'hôtel, une grande maison en crépi rose orangé, est situé dans une partie isolée. On y accède grâce à un Dodge rouge, conduit par un chauffeur égyptien habillé de blanc, les habitués le saluent, lui serrent la main, connaissent son prénom. Ahmed sourit, il conduit avec élégance ce camion ouvert, comme ceux qui transportent des ouvriers agricoles, mais dans lequel on a aménagé deux confortables banquettes de cuir, les voyageurs s'agrippent comme ils peuvent aux arceaux, conscients d'un double privilège, c'est une des rares voitures autorisées ici, ils n'ont pas l'habitude de ce genre de transport. Le Dodge s'engage sur une piste cabossée de pierres rouges, longe une forêt d'eucalyptus. L'île est un parc naturel protégé. L'hôtel est entouré d'un grand jardin de pins parasols et de lauriers-roses, de lourdes chaises à bascule peintes en blanc et tendues d'une toile bleu marine ont été placées à l'ombre. La chambre d'Esther, petite, blanche, un lit de bois foncé recouvert d'un boutis blanc, est sans salle de bains ni toilettes, elle est étonnée, son père commente : « C'est le charme du lieu, il est décati. » Ils y retourneront tous les étés, sa mère écrivant dès le mois de janvier, espérant obtenir deux chambres malgré la liste d'attente. Un hiver, les propriétaires décident de rénover la maison et de la transformer en palace rose plus impersonnel. Ce n'est plus leur goût, ils migreront vers Port-Cros, l'île voisine, pour un hôtel aussi « charmant et décati », ses mêmes chambres sommaires, ses salles de bains exiguës, ses habitués qui se saluent d'un signe sans se parler, ses mêmes criques et petites plages désertes où l'on court dès le matin avant de prendre son petit-déjeuner. Un paréo suffit, on ne cherche pas de place pour se garer à l'ombre, on ne porte pas de pique-niques, de chaises pliantes, de parasols, on ne reste pas écrasé par le soleil, le corps collant et irrité par l'eau salée et les crèmes solaires. Il suffit de quelques pas pour s'installer sur une chaise longue en toile sous les pins parasols et nager à nouveau alors que la lumière est dorée, Esther garde de cet été 1977 le goût pour les bains de mer dans la Méditerranée, mais elle n'en connaît que ses plages vides, le luxe de ce qui paraît sauvage, intact, car préservé de ceux qui n'en ont pas les moyens.

Esther observe quand elle débarque du bateau à Toulon ou à Hyères, les pizzerias, les boutiques de maillots de bain, les places de parking et les campings, les supermarchés et les ronds-points, la foule. Elle se protège de la culpabilité en se disant que le faste de cette eau étincelante, sa fraîcheur idéale équilibrant de manière idéale la chaleur idéale de l'air, le délice d'un corps lustré et salé est une drogue pure et gratuite. Il faudrait ne pas quitter ses profondeurs, de se laisser ainsi sans retourner vers la terre où se dressent toutes les contingences sociales auxquelles Esther se heurte peu.

Quand Héloïse lui raconte ses vacances à Saint-Tropez, la maison de sa grand-mère et les journées au Club 55, Esther se dit à son tour que d'autres ont plus de chance qu'elle.

En octobre 1977, Héloïse et Esther vont en visite scolaire découvrir la Grande Borne, un nouveau quartier à Grigny, en banlieue parisienne. Elles prennent le RER à la station Luxembourg, la plus proche de chez elles. Les wagons blanc, bleu et rouge tout neufs, les pelouses en bas des tours, les jeux de plein air, les sculptures en forme de serpents colorés, le portrait de Rimbaud, les couleurs sur les murs, le bleu clair, le rouge, le jaune. Tout leur plaît. Esther se dit qu'elle aimerait bien vivre là, dans un immeuble moderne, plutôt qu'à Paris dans un vieil immeuble sombre.

On peut les détester de ne pas voir. C'est facile et cela arrivera et elles seront punies, enfin surtout Héloïse.

Imaginons une enquêtrice, observatrice affûtée, à qui l'on aurait commandé une peinture sociale de la bourgeoisie parisienne dans les années soixante-dix, qui aurait été placée en situation simultanément chez les parents d'Héloïse et chez ceux d'Esther. Cette enquêtrice a fait des études de sociologie à Vincennes, elle est féministe, vient d'un milieu ouvrier. Elle aurait commencé par une description des lieux et de leurs habitants, et aurait d'abord pensé qu'il s'agit de deux familles identiques, avant de comprendre son erreur.

Les mêmes appartements à côté du jardin du Luxembourg, parquet à lattes droites, cheminée en marbre, moulures au plafond (angelots, fleurs de lys), cuisines et salles de bains étroites aux céramiques de couleurs brillantes (ocre, vert pomme), salon et salle à manger séparés par des portes-fenêtres (qui ont été retirées chez les parents d'Esther sur les conseils d'un décorateur, « il faut décloisonner, laisser l'air circuler »), mêmes meubles anciens (hérités chez

Héloïse, achetés aux puces ou chez des antiquaires chez Esther) et contemporains (modèle italien plus subtil chez Héloïse, danois plus austère chez Esther).

Elles ne connaissent que cela. Les grand-mères d'Esther habitent dans des appartements plus petits, une chambre, un salon, une salle à manger, mais c'est normal, pense Esther, elles vivent seules.

Les goûters d'anniversaire de leurs camarades de l'École alsacienne ont lieu dans des appartements au format identique, seule la décoration change. Il y a ceux aux couleurs et aux papiers peints extravagants, fleurs géantes, rose fuchsia, orange vif, jaune citron, meubles en plastique et poufs mous, ceux aux meubles raides et aux teintures de velours vert foncé, aux gravures représentant des canards.

L'enquêtrice pense d'abord pouvoir distinguer ces familles grâce à leurs choix en matière de décoration : 1) Les familles aux papiers peints extravagants. Ils sont de gauche, préfèrent le fromage de chèvre au camembert, les pères (et parfois les mères) exercent des professions libérales ou intellectuelles. Ils s'exclament « Nous sommes antibourgeois. », car être bourgeois, c'est être conformiste, ils ne sont pas comme ça. 2) Les familles aux canapés recouverts de velours vert foncé ou beige. Ils sont ce qu'ils sont, pour eux bourgeois n'est pas un gros mot et tout va bien. Ils sont de droite.

Mais ce critère est peut-être simpliste, se dit-elle.

L'immeuble dans lequel vivent les parents d'Esther a été construit à la fin du XIXe siècle, avec son long couloir et sa petite cuisine. Ils appartiennent clairement à la catégorie 1. Ils assument plus ou moins leur classe sociale, le papier peint est doré dans l'entrée, argent dans la salle à manger, une alliance entre le Parti socialiste et le Parti communiste ne les effraie pas. L'enquêtrice soupçonne le père d'Esther d'avoir milité, étudiant, chez les communistes, elle le juge d'abord sympathique puis change d'avis, un traître qui a choisi cette vie bourgeoise. Elle ravale son jugement, elle se doit d'être neutre.

L'enquêtrice prononce le mot *bourgeois* en scrutant la réaction de l'interrogé, elle vient de suivre une nouvelle formation sur la communication non verbale.

Est-il choqué (grimace sur le front, bouche raidie, yeux furieux, gestes agités) ou, au contraire, s'en amuse-t-il ?

Ce genre de question n'est pas posée aux mères, cela n'est pas prévu par le questionnaire, elle a bien fait une remarque sur ce sujet en réunion, le chef de service ne l'a pas entendue.

Elle interroge donc les femmes sur le fonctionnement du ménage. La mère d'Esther ne semble prendre aucun intérêt à la question, elle répond toujours à côté. Une femme de ménage à plein temps passe l'aspirateur, repasse, nettoie, fait les courses et cuisine, elle se charge du reste, que tout soit organisé, fonctionne, et paie cette aide sur son salaire.

L'appartement des parents d'Héloïse est situé au dernier étage d'un hôtel particulier du XVIIe siècle dans une de ces élégantes rues au sud du jardin du Luxembourg. Les plafonds sont hauts, le parquet en point de Hongrie en chêne cuivré, les lattes sont de deux centimètres plus larges que chez les parents d'Esther. Pas le velours vert et les gravures anciennes auxquels l'enquêtrice s'attendait. Sur les murs blancs, des portraits. Elle se demande s'il s'agit d'ancêtres et remarque des tableaux contemporains, des taches de couleurs vives. Les enfants sont baptisés mais ils n'ont pas fait leur première communion.

L'immeuble appartient à une grand-tante d'Héloïse. Elle n'a pas d'enfant. La succession, les héritages sont un sujet important, dont on ne parle certainement pas à une personne extérieure à la famille.

L'enquêtrice n'est pas tout de suite capable d'établir les différences entre le milieu social d'Esther et celui d'Héloïse. Elle voit des riches, des bourgeois, de grands appartements, elle voit deux parents, une fille unique, presque les mêmes pères (petits, ronds, chauves, joyeux, aux professions libérales, celui d'Héloïse est notaire, lui-même fils de notaire, celui d'Esther, médecin, fils d'un tailleur à domicile, gâtant beaucoup trop ses enfants), les mêmes mères (belles, distantes, angoissées, études supérieures). Elle observe la ressemblance physique entre Héloïse et Esther, elles s'habillent de la même façon, sabots, salopettes, jupes-culottes, pulls en shetland, leurs mères ne leur achètent rien de trop cher mais de bonne facture, leurs vêtements sont toujours achetés trop grands, faits pour durer, elles se coiffent pareil, cheveux châtains mi-longs, emmêlés, queues-de-cheval ramassées trop rapidement, les cheveux ne sont pas lissés et forment des tas de nœuds sur le crâne pour Esther qui oublie de se coiffer (depuis qu'elle est au collège, elle n'a plus de nounou pour l'aider), Héloïse est plus soignée (sa mère vérifie que rien ne dépasse).

Grâce à une plus fine observation, l'enquêtrice décèlera que, d'un strict point de vue sociologique, il existe entre ces deux petites bourgeoises de l'après 1968 des différences importantes.

À Héloïse, on apprend, au petit-déjeuner, à utiliser un couteau à beurre pour se servir un morceau de beurre, qu'il faut poser non directement sur le pain, mais d'abord sur une petite assiette, à utiliser son propre couteau ensuite pour étaler le beurre sur le pain. Esther ne voit aucun inconvénient à utiliser son couteau, à le plonger dans le joli ramequin en argent ramené du Silver Vaults de Londres, pour ensuite l'étaler sur sa tartine, elle fait de même pour la confiture. Bref, elle est mignonne mais n'a aucune éducation. Ni sa mère ni son père ne lui répètent, ne l'encouragent ni ne la punissent afin qu'elle dise « merci madame », « bonjour madame ». Elle n'a pas bénéficié d'une réelle éducation bourgeoise, mais des conseils de gentillesse et d'attention à l'autre émis par Mme Simone, la femme de ménage. Bien plus tard, Esther héritera de ses parents un manchon en argent sculpté que l'on serre sur l'os du gigot d'agneau pour le tenir lorsque la viande est découpée à table, un plat décoré d'un entrelacement d'asperges mauves et vert pâle sur lequel est placé un deuxième plat assorti troué de fentes qui permettent aux asperges de s'égoutter, un élégant tube en métal argenté qui cache des noix de muscade et un grattoir pour parfumer les potages de cette épice, des cuillères à entremets, des couverts à poisson, des couteaux au manche d'ivoire, mais elle continuera d'ouvrir la bouche quand elle mange et de faire du bruit en mastiquant, quand Héloïse se tient parfaitement à table, manie ses couverts avec souplesse, sait se taire quand il le faut, envoyer un mot pour remercier de la moindre invitation à goûter et écrire de sensibles lettres de condoléances à des gens qu'elle connaît à peine.

Les parents d'Héloïse appartiennent à la grande bourgeoise, à l'aristocratie par sa mère, quand l'origine sociale d'Esther est incertaine (immigrants juifs d'Europe de l'Est dont les enfants ont bénéficié d'une éducation publique de qualité).

Plus tard, Héloïse assumera qu'elle est une bourgeoise, que c'est ainsi, elle n'a pas à s'en excuser. Son père part travailler le matin à 7 heures, il rentre le soir à 21 heures, il y a des règles à respecter, il faut atteindre l'excellence, elle s'y astreint, travaille consciencieusement. Héloïse subit les inconvénients d'une éducation bourgeoise et ses obligations. Elle sait se tenir. Ses parents exigent beaucoup d'elle, elle espère être à la hauteur.

Elle passe la moitié de toutes les vacances à faire quelque chose d'utile : stages linguistiques en Grande-Bretagne, en Allemagne, stages de tennis, de voile, stages de maths. Il ne lui viendrait pas l'idée de ne rien faire, de ne rien apprendre.

Esther, qui préfère l'illusion à la réalité, mettra des années à admettre que ses parents sont riches (enfin, pas très riches, mais plus riches que la moyenne), l'argent ne l'intéresse pas, elle n'en parle pas, n'en cherche pas. Et ce désintérêt est bien la preuve qu'elle est une bourgeoise, il faut ne pas avoir eu peur de manquer pour être dans l'illusion que l'argent n'a pas d'importance. Esther insiste sur le fait que ses quatre grands-parents ont immigré, qu'ils n'avaient rien en arrivant en France. À la mort de ses parents, elle héritera de meubles et même de quoi s'acheter un morceau d'appartement à

Paris, mais bourgeois, ce titre infamant, non, pas du tout.

L'enquêtrice interroge ces deux petites et résume ainsi la situation.

Elles n'ont jamais eu faim.

Esther a un compte à la boulangerie, elle prend tout ce qu'elle veut.

Héloïse a un goûter prêt sur un plateau quand elle rentre de l'école. Un verre de jus de fruits et une tartine de pain beurré avec quatre carrés de chocolat.

Elles pensent que leur vie est normale, moyenne, équivalente à celle de nombreux Français, ni plus ni moins.

Plus petite, Esther s'est même demandé si elle n'appartenait pas à la catégorie « plouc », invitée à déjeuner chez la petite X, la mère de son amie lui avait demandé son nom de famille, puis celui de sa mère, et avait hoché la tête de gauche à droite, elle n'avait jamais entendu parler de cette famille, elle était allée vérifier dans le *Bottin mondain*, puis dans le *Who's Who*, rien.

À onze ans, elles sont encore dans une relative incertitude de leur situation sociale, se regardent en miroir, moyenne bourgeoisie, grande bourgeoisie, elles ne voient pas de différences.

Esther a posé la question à son père, on est quoi ? On est riches ou on est normaux ?

Il lui a répondu, on est moyens.

Elles avouent à l'enquêtrice qu'elles ont de la chance, même si personne ne le leur dit, elles ont lu des livres comme *Le Petit Chose* avec des enfants malheureux et des instituteurs sévères qui donnent beaucoup de devoirs et frappent leurs élèves avec une baguette. Ce n'est vraiment pas leur cas.

Elles parlent beaucoup de leur école.

Leurs professeurs à l'École alsacienne ne donnent pas de devoirs, elles doivent rendre une fois par trimestre un « chef-d'œuvre », un travail de leur invention, ce qui les amuse beaucoup. Héloïse invente des mots croisés, des charades, des jeux, Esther écrit des histoires qu'elle illustre. On ne leur demande pas d'apprendre par cœur, car elles risqueraient d'être traumatisées, atteintes de phobie scolaire ou, pire, d'ennui.

Esther est étourdie et paresseuse, Héloïse est consciencieuse et sérieuse, note-t-il, et c'est là que réside la pire injustice, remarque l'enquêtrice.

Dans un collège normal, Esther risque, si elle ne se reprend pas et ne se met pas à travailler sérieusement, d'être « orientée » à la fin de la troisième. Mais parce qu'elle appartient à cette nouvelle classe sociale émergeant dans les années soixante-dix, la bourgeoise libérale intellectuelle de gauche, elle est encouragée, soutenue, elle fera de bonnes études.

L'enquêtrice, qui n'a pas eu cette chance mais qui n'est ni amère ni envieuse, pensera « tant mieux pour elle ».

Elle peut donc conclure que cette fin du XXe siècle voit l'arrivée d'une nouvelle classe bourgeoise, issue de la révolution de 1968, prête à s'offrir les avantages de leur réussite sociale, sans les inconvénients.

1978

Elles se ressemblent, petites, les cheveux châtains, la peau et les yeux clairs, et cette ressemblance est un des ciments de leur amitié.

Elles auraient aimé être plus grandes, elles sont complexées, combien de centimètres en plus leur permettraient d'avoir davantage confiance en elles ? Elles espèrent grandir, et aussi pouvoir s'acheter des robes, des sandales, danser serrées contre des garçons qui seraient amoureux d'elles.

Elles ne sont pas à la mode, les autres, ceux qui s'habillent bien, sont forts en skate, sont à quelques mois de fumer des cigarettes, ne connaissent pas leurs prénoms, ou les confondent, Héloïse et Esther, cela commence pareil, elles sont les « petites », en retard sur l'adolescence, portent de gros sacs avec leurs affaires d'équitation, de danse, sortent de l'École rue d'Assas, s'arrêtent à la boulangerie, si elles ont assez d'argent pour s'offrir des croissants aux amandes. Elles remontent la rue des

Chartreux, sans s'arrêter au café Le Chartreux, car elles ne jouent pas au flipper, ne boivent pas de café, ne parlent pas aux garçons d'un air détaché, ne rient pas avec eux. Quand elles passent devant la vitrine, elles ne peuvent s'empêcher de regarder. Qui est assis sur les banquettes avec vue sur le mur peint d'un Vésuve bleuté ? Qui est collé sur son tabouret face au bar ? Des grands de quatrième.

Elles traversent le Petit Luxembourg, Héloïse tourne à gauche vers le Grand Luxembourg, Esther en face vers la rue de l'Observatoire, mais avant, car elles ont des trucs à se dire, elles s'arrêtent sur un banc. Face à elles, des parterres de tulipes jaunes et rouges, les marronniers alignés, l'ombre de leurs larges feuilles vertes, des pelouses comme des canapés, la fontaine de Carpeaux, de flamboyants chevaux en bronze, dont seul le grand froid est capable de figer les jets d'eau et c'est un spectacle qui impressionne toujours les petites. Ces bronzes, ces grands arbres, ces pelouses taillées, ces tulipes jaunes et rouges dessinent leur décor, elles ne sont pas blasées, leurs parents leur ont montré combien tout cela est beau, elles admirent, mais elles ont l'habitude de voir de la beauté autour d'elles.

Il y a cette boum d'anniversaire chez un nouveau, c'est-à-dire un enfant qui n'était pas à l'école depuis la maternelle comme elles. Tom est américain et a des taches de rousseur sur son nez rond. Héloïse qui a un genre sportif porte des Kickers, des chaussures montantes en daim coloré, et Esther, qui est encore « petite fille modèle », des Start-Rite, des chaussures anglaises qui n'évoluent pas saison après saison. Vanessa Djian porte, en sixième, des ballerines de chez Sacha bleu roi parsemées d'étoiles jaunes, des Stan Smith, et même des santiags, elle est bien sûr invitée chez Tom et il est facile de comprendre pourquoi Héloïse et Esther, elles, ne le sont pas. L'hiver, elles ont le choix entre des Mary Jane à une ou deux boucles dans deux couleurs, bleu marine ou rouges, l'été des sandales à semelles en crêpe achetées à la boutique Cendrine rue Vavin, où une femme à l'aérien chignon blanc se penche vers leurs petits pieds, les mesure, appuie fort de son pouce sur le cuir neuf à la hauteur des orteils, vérifiant ainsi que le chaussant n'est pas trop étroit mais tient fermement, et pourra durer au moins six mois, ni trop grand, elles pourraient se blesser, que leur croissance ne sera pas perturbée, un cérémonial sérieux d'où sont exclus d'avance ballerines et santiags, boums et roulages de pelles qui les font rêver. Et pourtant, quand Esther se couche, les nouvelles chaussures à l'odeur sucrée de cuir près de son lit, le bleu marine si chic qui fait jeune fille, presque un mocassin comme sa mère, la boîte en carton et le papier de soie qu'elle a demandé à conserver, elle se dit que, grâce à elles, une vie nouvelle commence.

1978

Elles ne sont jamais malades. Elles ont des rhumes, elles se cognent les genoux, elles s'égratignent les bras, elles ont mal au ventre, elles ont 38 de fièvre, une fois 39, on fait venir le pédiatre qui pose ses mains fraîches sur leur front, on les vaccine, on leur fait porter des appareils dentaires pour qu'elles aient des dents parfaitement alignées, elles vont chez l'ophtalmologiste, elles sont rééduquées, soignées, couvées, leur colonne vertébrale est droite, comme leurs pieds, leurs dents, leurs visions, rien ne traîne, n'est laissé à l'abandon, au hasard, au « pas grave », rien ne doit être de travers, tordu, elles sont parfaites.

À la rentrée de cinquième, parce que les vacances d'Héloïse sont beaucoup plus intéressantes que les siennes, Esther raconte qu'elle a eu une méningite et a failli devenir aveugle. Pendant l'été, Esther a lu *Sourde, muette et aveugle : histoire de ma vie*, l'autobiographie de la militante féministe américaine Helen Keller. L'auteure détaille comment elle est arrivée à sortir de son isolement grâce à une volonté inouïe, et Esther a établi un lien de causalité entre le génie de Helen Keller et la méningite à l'origine de son handicap. Elle a donc pensé, si je dis que j'ai eu une méningite, Héloïse va croire que je suis un génie à la hauteur de celui de Helen Keller.

Héloïse ne ment jamais et n'imagine pas qu'on puisse lui mentir.

1978

Une photo qui doit illustrer un devoir sur l'Antiquité romaine en préparation d'un voyage scolaire à Rome, on les voit toutes les deux en petite culotte, drapées de draps blancs, assises dans un bac à fleurs. Le bac à fleurs est censé représenter un bain romain.

Elles visiteront le Forum, obsédées par Valérie et Frédéric qui se sont embrassés sur la bouche la veille, se cachant derrière des colonnes pour tenter de les observer si jamais ils réitéraient l'exploit, alors qu'au contraire ils ne s'approchent jamais l'un de l'autre, s'ignorant même. Valérie, observant Frédéric de loin, rit et parle fort, Frédéric lui tourne le dos.

1979

La même semaine de rentrée des vacances de Noël, Héloïse et Esther ont entendu leurs parents tenir la même conversation et elles sont très inquiètes.

Héloïse et Esther les ont chacune écoutés invoquer le couple Simone de Beauvoir et Jean-Paul Sartre en modèle, elles ont toutes les deux entendu les mêmes phrases comme « l'amour libre », « les amours nécessaires et les amours contingentes », « la fidélité est une notion désuète », « une prison pour petits-bourgeois »... comme si c'était un sujet de conversation normal, un débat théorique que des enfants pourraient écouter, un apprentissage, une clef dans leur éducation, comme si cette révélation était un idéal d'une vie heureuse et accomplie... Il y aurait donc d'un côté des épouses et des époux, leurs parents, de l'autre des hommes et des femmes avec qui leurs parents pourraient avoir des relations sexuelles (même si ce mot, sexuel, n'est pas dit).

« Mais c'est dégoûtant ! » se sont-elles exclamées en faisant des grimaces.

Ses parents s'aiment, elle le sait, assure Héloïse à Esther, la preuve, son père pose la main sur l'épaule de sa mère et lui dit qu'elle est belle et sa mère regarde son père comme s'il était Dieu.

– Pourquoi ils parlent de ça ? Peut-être que c'est la mode ? Parce qu'ils ont lu un livre ? Vu un débat à la télé ?

Esther, elle, a deviné que son père trompe sa mère (elle n'en a pas la preuve, mais elle en est persuadée). Sa mère aime son père, mais est-ce que son père aime sa mère ? Cette manière de citer Sartre et Beauvoir comme s'il avait enfin trouvé une solution à tous ses problèmes ne serait qu'un moyen de tromper sa mère sans culpabilité ?

À treize ans, elles deviennent les femmes vigilantes de leurs pères ; fouiller dans les poches de leurs vestes, sentir le parfum sur leurs chemises, noter leur emploi du temps. Ensemble, elles décident d'aller confronter leurs pères.

Esther a préparé son discours, son père doit choisir sa famille, car « on ne peut pas avoir le beurre, l'argent du beurre et le baiser de la crémière ». Son père l'écoute, baisse son *Nouvel Observateur* et lui répond d'un ton sec que cela ne la regarde pas.

Héloïse l'a lâchée. Elle est d'accord avec le père de son amie, cela ne les regarde pas et puis ses parents s'aiment, elle en est certaine. Cette assurance énerve Esther.

Elles parlent d'amour.

Est-ce qu'un jour elles auront un amoureux ? Sera-t-il blond ou brun ? Est-ce qu'il sera riche ? Quel devrait être son métier ? Est-ce qu'elles se marieront ? À la campagne ? À Paris ? En robe longue ? Courte ? Combien d'enfants ?

Pourvu que le modèle Sartre-Beauvoir soit passé de mode quand elles seront grandes.

Elles se promettent qu'elles seront différentes de leurs parents, elles en sont certaines, leurs couples « seront normaux et donc heureux », affirment-elles leur cartable sur le dos. Elles ne les ont pas encore échangés pour la besace de chasse en cuir avec une sangle de corde de chez Upla dont elles rêvent car leurs parents estiment qu'il ne faut pas trop les gâter et que porter ainsi un sac avec une sangle sur l'épaule risque de déséquilibrer leur colonne vertébrale alors que leurs cartables choisis avec soin sont bien mieux adaptés à leur croissance.

En attendant leur prochain sac Upla et leur futur mariage, elles grandissent ensemble, c'est-à-dire qu'elles grandissent peu.

Elles restent les plus petites de la classe, deux filles au corps maigre, aux fesses musclées, aux seins minuscules qu'aucun garçon ne regarde.

Si elles sont rarement invitées aux boums, c'est bien la preuve que physiquement elles ne sont pas intéressantes, pensent-elles. Les mêmes yeux clairs, ceux d'Héloïse tirant davantage vers le bleu, ceux d'Esther vers le vert, des cheveux châtains, des traits réguliers, le nez étroit. Pour leur classe sociale, c'est banal, des générations de bons mariages, de nourritures saines, de vacances à la montagne ont forgé leur physique tranquille et apaisant et mince, pourrait affirmer l'enquêtrice.

Elle se trompe. En tout cas pour Esther.

Esther ne connaît pas les pays de ses grands-parents, elle sait seulement qu'en Transylvanie il y a des noyers et qu'on y mange du gâteau aux noix comme chez sa grand-mère paternelle, qu'en Bessarabie on boit du thé très sucré tiré d'un samovar comme chez sa grand-mère maternelle, mais il ne viendrait l'idée à personne d'aller passer des vacances là-bas.

Les parents d'Esther louent des maisons pour les vacances d'été ou vont à l'hôtel, il n'y a pas de maison de famille, de villages, de racines.

Héloïse passe le mois de juillet dans le château basque de sa grand-mère maternelle, sa mère y a passé tous ses étés avant elle, le papier peint de la salle de bains n'a pas changé, ni l'ordre et la frugalité des menus, pâté ou œufs durs à chaque déjeuner, bouillons et boîtes de sardines le soir, ni la température fraîche du carrelage rouge du grand couloir qui mène aux chambres d'enfant, ni l'emplacement de leur tente sur la plage de Saint-Jean-de-Luz, ni les noms de famille de ceux qu'ils fréquentent. Un jour, Héloïse est convoquée par sa grand-mère, qui lui explique le nombre de feuilles de papier-toilette qu'il est acceptable d'utiliser.

En août, Héloïse part chez sa grand-mère paternelle à Saint-Tropez, une maison sur le port de la Ponche achetée en 1950, grâce à la famille de son mari, un officier de marine basé à Toulon. Et elle revient avec de quoi tenir des conservations jusqu'à Noël.

C'est cette différence qui permet à Esther de comprendre enfin qu'il y a dans sa famille une absence de lieux et d'histoires et que cette absence est suspecte. Héloïse raconte des contes familiaux liés à l'histoire de France. Du côté de sa mère, une maîtresse d'Henri de Navarre, un prêtre décapité pendant la Révolution, un officier de l'armée napoléonienne, un émigré ayant fait fortune au Mexique, un général mort pendant la Première Guerre mondiale, une veuve élevant seule ses cinq enfants, un flamboyant aristocrate accroché à un château branlant. L'enfance provençale de son père, un arrière-grand-père officier de marine, une grand-mère héritière d'une grande entreprise de fruits confits, trente-deux hectares de vignoble dans le Var, des noms, des refuges, des maisons, ce mot entendu pour la première fois par Esther, « cousinade », ses arbres familiaux jamais interrompus. Esther lit l'annuaire pour tenter d'avoir des nouvelles de ses ancêtres.

1979

La mère d'Héloïse souhaite l'inscrire à un rallye organisé par une cousine. Ce serait l'occasion pour elle « de se faire des relations, d'élargir son cercle social à des enfants de bonne famille ». « Vous vous retrouverez un samedi par mois pour apprendre à danser. Tu verras, c'est très amusant. Puis à partir de tes quinze ans pour de grandes soirées. On ira ensemble te trouver une jolie robe en taffetas chez 14-18. » Sa mère insiste, « c'est important ». Devant le refus d'Héloïse, elle se fâche.

« Jamais je n'irai dans ce genre de truc, et à l'École alsacienne je serais la seule. Personne ne va dans un rallye, ils vont me trouver ringarde. C'est pour les débilos », explique-t-elle à Esther, qui, elle, se dit qu'elle adorerait que ses parents lui proposent de participer à un rallye (mais ils ne doivent même pas savoir ce que c'est). Esther adore danser et adore les robes. Elle se juge superficielle et admire la pureté de son amie qui refuse de se faire offrir une robe en taffetas pour aller danser avec des garçons en costume.

1979

Héloïse porte toujours des salopettes et des jupes-culottes, mais elle est capable de monter en haut de la corde lisse dans le grand gymnase de l'École alsacienne. C'est impressionnant à voir, l'un après l'autre, un bras, une jambe, un bras, une jambe, sans s'arrêter, sans hésiter, ne regardant jamais le sol mais vers le haut de la corde, apparemment sans effort, là où un nœud rejoint la poutre du plafond, à six mètres du sol. Arrivée en haut, elle condescend à contempler ceux restés au sol, redescend avec la même agilité. Le professeur de gymnastique la félicite, elle sourit. Elle s'assoit à côté d'Esther, lui jette un regard en coin, attend son commentaire.

Esther est tellement jalouse qu'elle se détourne. Désolée, je n'ai rien vu de ton exploit. Plutôt crever que de le reconnaître.

C'est le tour d'Esther. La corde lisse est inenvisageable, elle va directement vers la corde à nœuds. Héloïse l'encourage, Esther a envie de la frapper. Elle s'élance, sachant d'avance ce qui va se passer, elle espère pourtant que cette fois ce sera différent, elle a grandi, davantage de force dans les bras, elle a observé Héloïse alors que celle-ci concentrée sur la corde ne pouvait savoir qu'Esther étudiait chacun de ses gestes afin de l'imiter. Cela a l'air facile, un bras, une jambe, un bras, une jambe. La main gauche d'Esther s'agrippe à la corde, elle est trop épaisse, ses doigts n'en font pas le tour, elle serre de toutes ses forces, se brûlant la paume. Elle cale le pied gauche sur le premier nœud qui touche le sol, enroule la jambe droite le long de l'agrès, elle est en short, elle sent le chanvre glisser sur sa peau, elle soulève le pied gauche pour tenter de le poser sur le deuxième nœud, à quinze centimètres du sol, il glisse aussitôt, elle fait semblant de ne pas s'en apercevoir et soulève le pied droit avant de le poser sur le gauche, le chanvre de la corde a de minuscules piquants qui tout en lui rentrant dans la peau ne freinent rien, elle fait du surplace, les deux pieds emmêlés, comme si elle était capable d'imiter Héloïse, seul l'orteil gauche appuyé sur le lien à quelques centimètres du sol est en l'air, son talon penché en arrière entraîne l'ensemble de son corps. Elle soulève à nouveau la jambe droite, sautillant pour la placer au-dessus de la gauche, ses deux jambes l'une sur l'autre, hissant ses fesses qui d'un coup sont de plomb, péniblement elle dépasse le premier nœud de la corde, elle a réussi, elle est à quatre-vingt-dix centimètres du sol, seules ses fesses traînent encore vers le bas, elle entend les encouragements d'Héloïse (elle doit se moquer d'elle, elle est vengée, elle avait bien remarqué le refus d'Esther de reconnaître son exploit), Esther a atteint le deuxième nœud, cela ne lui est jamais arrivé, elle doit être à un mètre vingt du sol, elle baisse la tête vers le parquet, elle a le vertige, ses jambes sont désormais si entortillées qu'elle ne peut pas bouger, elle est coincée, elle ne peut plus ni monter ni descendre, la peau de ses cuisses, de ses mollets brûlés par le chanvre, les paumes échauffées, prête à pleurer. Elle a onze ans, puis douze, treize, quatorze, quinze, seize, dix-sept, le même gymnase, la même corde, aucun progrès, le deuxième nœud sera l'exploit inégalé d'Esther. Elle se laisse tomber sur le sol, un bleu sur les fesses, la cheville tordue. Elle ne veut pas de la pitié d'Héloïse, mais uniquement son admiration. Esther humiliée désire qu'Héloïse disparaisse à jamais de sa vue.

1980

Héloïse et Esther ont quatorze ans, elles sortent de l'école à l'heure du déjeuner. On doit être en mars, ce premier soleil jaune pâle annonce la fin de l'hiver, Héloïse se met à pleurer, ce qui ne lui arrive jamais devant Esther.

Elles sont isolées des autres, à l'angle de la rue d'Assas et de la rue Michelet, devant une vaste épicerie de luxe qui propose des bocaux de conserve où les étiquettes semblent écrites à la main. Esther se tourne vers la vitrine, gênée, puis fait face à Héloïse.

Héloïse lui dit : « C'est le soleil, cela me fait penser à ma grand-mère, à Saint-Tropez. »

Esther recule de quelques centimètres, elle ne dit rien, et elles rejoignent le groupe, vers le Luxembourg ou la boulangerie, elle ne se souvient pas de l'action suivante, mais du soleil qui éclaire Héloïse et de son émotion, sa grand-mère, sa maison aussi étroite que haute, la terrasse plantée de jasmin sur le toit, sa salle de bains rose, son parfum *Opium* qui n'est pas celui d'une grand-mère, sa grand-mère, c'est l'amour.

Esther est étonnée qu'une grand-mère puisse ressembler à celle d'Héloïse, avec ses tailleurs blancs, ses escarpins assortis, son rouge à lèvres rose, et surtout tout ce qu'elle apprend à Héloïse et qu'Héloïse répète à Esther.

Sa grand-mère lui répète qu'elle est ravissante.

Elle lui montre comment étaler un fard prune sur ses paupières qui contraste avec ses yeux clairs.

Elle ajuste une ceinture à sa robe et la serre le plus possible.

Elle lui offre des sandales recouvertes de paillettes argentées à talons et lui dit que ce n'est pas grave si elle a mal aux pieds. Elle a de l'allure et c'est important.

Elle lui conseille de manger des amandes pour avoir de gros seins.

Elle lui dit qu'elle aura tous les hommes à ses pieds, et comme elle, Héloïse rencontrera un jour l'homme de sa vie, le mari le plus aimant, le plus intelligent, et elle sera tellement heureuse comme elle-même l'a été avec Papy.

De passage à Paris, elle observe les yeux d'Esther, puis ceux d'Héloïse, affirme que les yeux de sa petite-fille sont plus beaux que ceux de son amie, et Esther le comprend très bien.

Héloïse revient chaque été de Saint-Tropez avec de nouveaux vêtements offerts par sa grand-mère.

Pas des vêtements de petite fille ou d'adolescente bien élevée, pas des salopettes de chez New Man ou des écharpes Benetton, pas des robes en liberty de chez Cacharel ou des chaussures de chez Start-Rite avec des semelles en crêpe. Pas de trucs normaux en bleu, en rouge, en vert, en rose, en gris. Elle revient avec une veste Chanel rose fuchsia, une veste Saint Laurent blanche avec des boutons noirs, un carré Hermès doré, des escarpins blancs de chez Ferragamo. Héloïse ne les porte pas mais les montre, toujours trop rapidement, à Esther qui aimerait les essayer.

Ce sont des vêtements que l'on ne voit jamais portés, mais qui sont photographiés dans ces magazines que leurs mères n'achètent pas. La mère d'Esther est abonnée au magazine féministe *F* dénué de « ces photos de mode qui rabaissent l'image de la femme » et qui font rêver Esther. La mère d'Héloïse se méfie de la mode, de ce qui ne dure pas, elle achète peu, porte toujours la même chose, choisie avec soin sur le modèle de l'aristocratie britannique, des pulls en shetland, des twin-sets, des jupes en tweed, du confortable, du solide.

Héloïse demande à Esther, tu crois que je peux porter les escarpins blancs à Paris ?

Cette dernière lui répond, bien sûr, se doutant qu'il s'agit d'une faute de goût, qu'elle sera ridicule, qu'elle ne sera pas invitée à la boum de l'Américain qui sévit toujours.

Cette année de troisième, Esther gagne quelques échelons dans l'échelle du cool, elle est enfin à la mode, elle a, grâce à son père, des ballerines Sacha aux pieds, un 501 sur les fesses, un teddy gris et blanc sur les épaules.

Cette année, Esther est invitée à la fête de l'Américain, pas Héloïse qui exprime sa déception de manière franche. Esther en rajoute, elle est rentrée à 1 heure du matin, elle a embrassé l'Américain, il est son petit copain, ils sortent ensemble.

Il est temps pour elle de narguer Héloïse.

C'est une lutte désormais entre les deux adolescentes, Esther a de nouveaux amis, Karin qui porte des santiags, Tom et sa veste en jean, Manu et ses Stan Smith et qui en plus joue au tennis, ils vont ensemble au premier McDo qui a ouvert à Paris, boulevard Saint-Michel avec un décor de fausses bibliothèques.

Esther est dans le combat, se voit gagner, presque trop facile. Elle n'a pas compris qu'Héloïse ne joue pas avec elle, la compète ne l'intéresse pas.

De toute manière Héloïse a un petit copain, il s'appelle Philippe, il l'invite au cinéma, elle aussi paraît avoir oublié Esther.

1981

Il s'est passé quelque chose dans la famille d'Héloïse qui a un rapport avec l'argent.

Héloïse ne part pas chez sa grand-mère pour les vacances de Noël, mais à Bali avec ses parents.

Les parents d'Héloïse achètent une maison dans le domaine du Cap, dans la presqu'île de Saint-Tropez. Ils ont hésité. La maison a un défaut. Le domaine du Cap, c'est ce qu'on fait de mieux, de belles villas construites avant guerre par de grandes fortunes du textile du Nord. Ce sont des biens qui se transmettent en famille. La maison à vendre est plus récente, située à l'entrée du cap, dans la partie nommée « le Baou ». Vivre au Baou est un signe que l'on n'appartient pas aux vieilles familles du Nord. Vous êtes d'emblée identifié comme appartenant au groupe « familles récentes ». Et ça, c'est un problème. Il faut avoir à le justifier chaque fois que l'on dit qu'on a une villa à Saint-Tropez. Où donc ? Au domaine du Cap. Formidable, vous connaissez les Machin ? Leur maison à la pointe, vous êtes à côté ? Il faut bien baisser les yeux et dire la vérité, « la maison est au Baou ». L'interlocuteur traduira ce qu'il veut, il le sait certainement, il connaît la différence entre les familles du Nord, les grandes fortunes du textile, et celles qui sont arrivées il y a une vingtaine d'années faire les bonnes affaires d'un promoteur immobilier qui n'avait pas mauvais goût. À l'entrée du Cap, un gardien demande aux visiteurs où ils vont. Quand vous avouez que vous n'allez qu'au Baou, il vous laisse entrer avec un air las. Pas la peine de contrôler et de téléphoner au propriétaire pour vérifier que vous êtes attendu.

Bon, ce n'est pas grave, mais quand même. Les parents d'Héloïse ont l'habitude d'être toujours bien classés, l'aristocratie basque pour la mère, une vieille famille provençale pour le père. Ils possèdent ce qu'il y a de mieux en matière de goût, de propriété, d'appartenance. Ce « moins », ce léger défaut, ils ont décidé de jouer avec « nous ne sommes pas snobs, oui la maison est au Baou et pour nous cela n'a aucune importance ». Ce qui compte ce sont les arbousiers, les figuiers, les plaqueminiers et les citronniers plantés dans le jardin, c'est pour cette raison qu'ils ont choisi cette maison. L'ancienne propriétaire était une originale, une Américaine, une artiste, au goût exquis, une héritière de la famille Mellon.

Chaque fois qu'Héloïse veut partager avec elle un souvenir, un paysage magnifique qu'elle a vu à Bali, Esther change brutalement de sujet. Elle refuse qu'Héloïse lui raconte ses vacances.

Mais elle accepte l'invitation d'Héloïse à visiter la nouvelle maison pendant les vacances de février.

C'est une construction à l'allure de Barbapapa en béton rose. Elles font le tour par l'extérieur, un jardin en terrasse surplombe la mer, Esther s'arrête devant de petits arbres aux grands bras maigres bruns et écartés, s'approche, il y a des citrons sur les arbres. C'est la première fois qu'Esther voit cela, des citrons sur un arbre, elle les touche incrédule, ils sont énormes. Elle les sent, les soupèse, elle prend des photos des citrons. Elle est éblouie. Elle crie « Des citronniers ! » et bizarrement la jalousie d'Esther cesse.

Puis elles visitent la cuisine avec un monte-plat, une rôtissoire, une friteuse, une sorbetière, deux réfrigérateurs, un panneau avec des sonnettes sur lesquelles des étiquettes indiquent les noms des pièces, chambre bleue, chambre rose, chambre mauve, petit salon. Elles prennent un ascenseur avec une grille, des boutons, entresol, rez-de-chaussée, premier étage, deuxième étage, elles montent jusqu'à une grande pièce ronde recouverte d'une épaisse moquette blanche, le long des murs une banquette tapissée d'un tissu indien rose fuchsia, Esther n'a jamais vu une maison comme celle-là, sauf en photo dans les magazines italiens de décoration que son père affectionne. Elle ouvre une porte-fenêtre ovale qui donne sur une terrasse, la mer encore, elle hume l'air vif et revient à l'intérieur.

Elles admirent les carrelages des salles de bains, l'une est entièrement noire, une autre jaune citron, une rose bonbon, une dernière bleu turquoise, la maison date du début des années soixante, et c'est comme si elles étaient projetées dans cette époque. Esther s'exclame, c'est un spectacle, un jeu, un décor, Héloïse est silencieuse, elle aura une grande chambre avec un lit à baldaquin sur lequel est posé un voile en coton blanc, avec une salle de bains qu'elle n'aura pas à partager. Héloïse et Esther s'habituent très vite à cette nouvelle maison, elle aussi devient normale.

En mai, François Mitterrand est élu président de la République, les parents d'Héloïse sont effrayés ; ils ont voté pour Valéry Giscard d'Estaing. Ils avaient été invités à prendre le café par Anne-Aymone à Brégançon en voisins, le président avait pris quelques minutes pour les saluer, ce qui avait alimenté leurs dîners en ville pendant plus d'une année. La question se pose, faut-il partir en Suisse ? Héloïse répète cette question à Esther et précise que « c'est à cause des communistes qui vont rentrer au gouvernement ». À l'École alsacienne, des parents d'élèves sont nommés ministres. Un ami du père d'Héloïse a fait l'ENA avec le directeur de cabinet du président de la République. En cas de problème, cela peut être utile et les rassure.

Les parents d'Esther, eux, ont voté pour le programme commun du Parti socialiste et du Parti communiste, ils trouvent cela normal de payer des impôts. Esther apprendra bien plus tard qu'ils ont quand même un petit compte en Suisse.

1983

L'été à Saint-Tropez, Héloïse danse en boîte de nuit.

À la rentrée Esther veut qu'elle lui raconte tout.

Elle a rencontré un Italien de vingt-six ans qui s'appelle Matteo.

Esther passe l'été dans un home d'enfants à Château-d'Œx en Suisse. Elle adore son home, la montagne, les marches jusqu'à la

Pierreuse et la Videmanette, les pieds dans les eaux glacées de la Sarine, les cervelas grillés et les Sugus en dessert, mais rêve de Saint-Tropez.

À Saint-Tropez, Matteo offre à Héloïse des pains au chocolat à l'aube, encore chauds, ils sortent du four, Matteo connaît le boulanger qui ouvre sa boutique rien que pour lui. Matteo loue une maison sur la plage au Rayol, il suffit de sortir du jardin, de pousser une porte pour se baigner. Matteo a les yeux noirs. Matteo lui a offert à la fin de l'été une bague ornée d'une pierre jaune. Matteo conduit une voiture décapotable rouge. Matteo pose son bras sur son épaule quand ils marchent. Matteo pleure à la fin de l'été.

Bien plus tard, devenue adulte, Esther demande souvent à Héloïse qu'elle lui raconte, avec le plus de détails possibles, Matteo et sa voiture décapotable, la maison sur l'eau, les lettres de Matteo. Héloïse s'étonne de l'enthousiasme d'Esther ; c'est le passé, elle a gardé de la tendresse pour Matteo, quelques nouvelles, mais elle est amoureuse d'un autre homme à présent.

1984

Esther rentre de l'école, elle apprend que Mme Simone, leur femme de ménage, est morte, comme ça soudainement. Elle a eu un accident. L'accident tel que sa mère le lui raconte n'est pas clair, cela a un rapport avec un ascenseur, mais Esther n'ose pas poser de questions.

Son père lui téléphone et lui dit, c'est triste, on est bien tristes.

Esther se rend à l'enterrement, elle serre dans ses bras et embrasse le fils de Mme Simone qui a le même âge qu'elle et qu'elle rencontre pour la première fois. Pourtant, ils vivent à cent mètres l'un de l'autre.

Mme Simone est sa première morte.

Jusque-là, Esther a été épargnée par la mort.

Esther a dix-sept ans, elle ne saisit pas qu'elle ne reverra jamais Mme Simone et que Mme Simone continuera de lui manquer des années après, qu'elle regrettera de ne pas l'avoir interrogée et écoutée, d'avoir cru qu'elle serait toujours là.

Trente ans après sa mort, Esther a encore dans la bouche le goût du cake au chocolat parfumé à la fleur d'oranger que Mme Simone préparait.

Mme Simone arrivait tous les matins à 8 heures, préparait le petit-déjeuner d'Esther, sinon elle ne mangeait pas, elle ouvrait grand les fenêtres des chambres, les lits (Esther était censée le faire pour sa chambre, mais elle oubliait). Elle remplissait un seau d'eau chaude et de savon, passait une serpillière sur le sol de la cuisine, un tissu imbibé de vinaigre blanc sur les placards, puis l'aspirateur, faisait les lits. Quand Esther rentrait de l'école, Mme Simone était en train de repasser ou de coudre, de nettoyer l'argenterie, mais elle se levait pour lui proposer un goûter.

Après la mort de Mme Simone, le chat d'Esther refuse de se nourrir et se laisse mourir de chagrin.

Ce qu'on attend d'elles, ce qu'elles espèrent. Deux adolescentes élevées dans la bourgeoisie intellectuelle parisienne. On ne peut pas rêver mieux. Les années quatre-vingt, l'élection de François Mitterrand, l'École alsacienne, apprendre le chinois si on en a envie, faire confiance aux enfants. Pas trop de devoirs, entre-soi, quelques boursiers choisis pour leur intelligence, leur capacité de travail. Voyages scolaires à Rome et Florence. Que nos enfants soient heureux, épanouis, cultivés, leurs chances inouïes. Le jardin du Luxembourg, la beauté des allées de poiriers, leurs sabots suédois de chez Kerstin Adolphson, les feuilles de marronnier. Des bibliothèques pleines de livres lus, la loi Veil. Esther avorte et cela n'est pas un problème. À la télévision, elles regardent *Apostrophes* et le ciné-club de Claude-Jean Philippe. Gilets en coton à boutons-pressions agnès b. et les tee-shirts à rayures assortis à cent quatre-vingts francs. Encouragements constants, leurs projets, le choix de leurs études. Elles ont dix-sept ans, elles vont voir ensemble *La Cerisaie* de Tchekhov aux Bouffes du Nord mis en scène par Peter Brook, elles apprennent ici que l'on peut perdre ce que l'on croit posséder.

1984

Héloïse et Esther ont leur bac, ce ne sont pas les premières de leurs familles. C'est normal.

Héloïse demande à Esther :

– Tu mettras tes enfants à l'École plus tard ? (L'École, c'est-à-dire l'École alsacienne.)

– Oh non, j'en peux plus du quartier, de l'École, je les mettrai dans le public.

– Moi, je pense que oui, on y a été heureuses.

1985

Après un an de prépa privée et un concours, les noms des admis à Sciences Po sont affichés derrière une vitrine rue Saint-Guillaume.

Héloïse voit le sien, Esther non, elle est déçue puis elle se dit qu'il y a une erreur. Elle doit forcément être admise puisque Héloïse l'est, c'est logique. Esther va demander à un appariteur si le secrétariat compte publier une nouvelle liste dans la journée. Il lui semble naturel d'obtenir ce qu'elle souhaite. Le sourire étonné de l'appariteur, l'humiliation transforme Esther. Elle se met à travailler.

Esther a un petit copain et pas Héloïse. Héloïse a dix-neuf ans et pense que jamais elle ne trouvera quelqu'un qui lui plaise vraiment, un mari, un mari pour se marier, « fonder une famille », comme elle dit, et avoir des enfants.

Le petit copain d'Esther est ce genre-là, il est parfait, il pourrait être un futur mari ; étudiant dans une grande école, joueur de tennis, propriétaire d'une voiture, beau et gentil.

Héloïse répète, c'est normal que tu aies un fiancé aussi parfait, tu es vraiment jolie, plus jolie que moi.

Esther ne voit pas en quoi avoir un petit copain est digne d'admiration.

Elle n'a pas fait d'efforts, cela est arrivé si facilement, elle a repéré le garçon parfait, le grand frère d'une amie, il l'a repérée aussi. Ils se sont embrassés, il est amoureux et Esther aussi au début.

Héloïse l'envie, Esther hausse les épaules, l'amour, c'est facile, il suffit de se laisser faire.

1988

Sur une photo de vacances, elles sont en maillot de bain allongées sur des serviettes, elles ont vingt-deux ans. Elles portent les mêmes clips dorés aux oreilles (pas le genre à avoir les oreilles percées, mais porter d'énormes boucles d'oreilles en maillot de bain, elles ne voient pas le problème).

Héloïse regarde le photographe, confiante, Esther l'observe avec affection. Elle est inquiète pour Héloïse, qu'elle s'en sorte, parce qu'elle trouve Héloïse tellement plus gentille. Elle a peur qu'on mange son amie, qu'elle se fasse avoir, que certains profitent d'elle, de sa confiance.

Mais aussi Esther juge Héloïse conventionnelle, parce qu'elle lui a confié qu'elle souhaite s'inscrire dans un club de golf afin de rencontrer, elle aussi, un garçon parfait et que maintenant elle regrette d'avoir refusé adolescente d'aller dans un rallye. « Toutes les filles qui y sont allées ont rencontré des garçons très sympas. » Esther la juge même ennuyeuse, parce qu'Héloïse a choisi de poursuivre ses études dans une grande école de commerce. Elle dit à Esther, il faut que je gagne bien ma vie. Esther pense qu'elle est vraiment trop BCBG.

1989

Elles posent sur des ânes à Hydra pour une photo. Elles sont en vacances avec le père d'Esther. Il les a accueillies sur le port, avec une femme inconnue. Elles partagent une chambre et un lit à baldaquin à l'hôtel Miranda, une maison blanche aux lourds meubles en bois, aux plafonds en caissons peints. Les volets de la fenêtre de leur chambre sont bloqués par un jasmin grimpant, le petit-déjeuner, des tartines grillées, du miel, un café amer, est servi dans une cour plantée d'orangers et de citronniers. Un bateau loué à la journée les emmène sur une plage sans ombre et cela ne les gêne pas, l'eau en ce début septembre est chaude, elles y restent des heures, elles se nourrissent uniquement de salade de tomates et de croissants aux amandes recouverts de sucre glace. Le soir la lumière est dorée. Il ne reste pourtant à Esther, de ses dernières vacances avec son père, que cette photo d'elles deux sur des ânes et son agacement. Cette femme qui vient se mettre entre son père et elle.

Esther est incapable de se souvenir d'une conversation continue, de son père en maillot de bain profitant de la mer et du soleil, mais elle voit le visage de cette femme, une Berlinoise au visage fin, élégant, un blond presque blanc, des vêtements en lin d'un camaïeu de crème et de blanc, un fils de leur âge qui leur raconte que ses parents viennent de se séparer, enfin, son père a quitté sa mère pour une autre femme. Que cette histoire entre sa mère et le père d'Esther fait beaucoup de bien à sa mère. Esther n'est pas attendrie.

L'hiver suivant, le père d'Esther invite l'élégante Berlinoise aux cheveux fins et presque blancs dans sa maison de la vallée de Chevreuse, elle rencontre la mère d'Esther, elle a compris que « la situation est compliquée ». Elle offre à Esther un foulard en mousseline de soie avec des fleurs beiges et roses, Esther l'a longtemps gardé jusqu'à ce qu'il disparaisse, comme tant d'autres choses, sans qu'on s'en rende compte, un jour il n'est plus là.

1989

– Ah oui ? Ah, tu t'en souviens ? s'exclame Esther.

– Oui, tu me l'avais raconté.

– Oh, c'était une petite méningite pas grave du tout.

Esther n'ose pas avouer à Héloïse qu'elle lui a menti quand elles avaient onze ans, qu'elle n'a jamais eu de méningite et que, si elle lui a fait croire cela, c'était pour l'impressionner, qu'elle l'admire.

1990

De septembre à juin, le père d'Esther est à l'hôpital, elle va le voir tous les jours.

Elle en est persuadée, son père ne peut pas mourir. Sa mère ne lui répète pas ce que disent les médecins. Elle dit des choses vagues et rassurantes.

Un jour il a le droit de sortir et de passer une journée dans la maison de la vallée de Chevreuse avec sa famille. Esther ne comprend pas qu'il lui dit adieu.

Sa mère ne lui dit pas, il est mort, mais c'est terminé.

Esther ne voit pas le corps de son père mort.

Après l'enterrement, Héloïse s'inquiète, pourquoi elle n'a pas l'air triste, pourquoi elle ne pleure pas ?

Esther lui explique qu'elle peut continuer de penser à lui, de lui parler, qu'il lui répond, alors pourquoi être triste ?

Elle est persuadée qu'il ne s'agit que d'une mauvaise passe, que son père va revenir.

Elle ne dit pas aux gens qu'elle rencontre que son père est mort. Il est possible qu'elle en ait honte. Elle n'est plus normale.

Elles partent en vacances chez les parents d'Héloïse à Saint-Tropez. Le père d'Héloïse fait toutes les boutiques, il veut offrir un cadeau à Esther, mais Esther ne désire plus rien.

1992

Leurs diplômes de grandes écoles, leurs premiers CV, leurs stages dans des entreprises prestigieuses obtenus grâce à leurs parents ou à des amis de leurs parents, leurs futures carrières, leurs ambitions.

Héloïse et Esther n'ont pas de doute, elles sont les égales des garçons de leur âge.

Héloïse est embauchée dans le service marketing d'une grande marque de cosmétiques. Elle n'en revient pas quand un garçon diplômé d'une école moins cotée lui confie son salaire, il est supérieur de quinze pour cent au sien.

Esther est embauchée comme journaliste pour une émission de télévision. Un cameraman lui raconte que son père est postier. Esther rit, c'est la première fois qu'elle rencontre un fils de postier. Ce rire est une de ses plus grandes hontes, un de ses plus grands regrets. Elle aimerait l'effacer.

1992

Esther est amoureuse d'un homme, il a quatorze ans de plus qu'elle, il est anglais. Un jour il lui dit qu'il l'aime, il est de dos et il regarde ses pieds. Un autre, ils sont debout dans le bus 83 coincé dans un embouteillage à Sèvres-Babylone, il lui dit, restons des amis. Esther se tourne vers la fenêtre pour ne pas qu'il se rende compte qu'elle pleure, elle aperçoit Héloïse qui traverse dans les clous, elle aimerait passer par la fenêtre du bus et s'accrocher à son amie.

1992 à 2007

Esther et Héloïse se voient moins.

Elles débutent leurs carrières professionnelles, elles se marient, elles ont des enfants, elles travaillent.

L'emprunt immobilier a été négocié, l'apport familial aidant, elles ont trouvé le bon appartement, dans le bon quartier, à côté du jardin du Luxembourg pour

Héloïse (l'apport familial est plus important), à Montmartre pour Esther, une cuisine dans laquelle on peut dîner, une chambre pour chaque enfant, les sols des salles de bains sont recouverts d'un zellige découvert lors d'un week-end à Marrakech, leurs robes de mariées rangées dans leurs housses, leurs maris lisent *le Monde*, récitent des poèmes de Mallarmé, le bon moment pour avoir un enfant, la clinique de la Muette, la péridurale, des gilets en cachemire Bonpoint taille 3 mois, le lit à barreaux en bois faussement vieilli. Esther et Héloïse après leur travail, courbées derrière leur poussette, sacs de courses accrochés, s'arrêtant pour embrasser leur enfant, constamment aux aguets, achetant chez le meilleur boucher une viande tendre. Elles mettent la table, lancent un rôti, changent une couche, rien ne les dégoûte, la merde de leur enfant est un délice, elles offrent un dernier baiser, un dernier câlin, paient la femme de ménage qui passe l'aspirateur, mais ce sont elles qui ont nettoyé avant leur passage les baignoires et les toilettes, le lave-vaisselle ronronne, elles sont fatiguées, leurs maris rentrent enfin, le rôti est froid, reproche, la bonne chemise n'est pas propre, reproche, la baguette n'est pas fraîche, reproche, le beurre a un arrière-goût, reproche, elles débarrassent, lui a un coup de fil important à donner, elles se couchent, elles rejettent la main de leurs époux qui caresse leur cuisse, tente de monter plus haut, le matin elles ont du mal à se réveiller, elles renversent le lait sur le carrelage, elles sont seules, elles paniquent, est-ce qu'elles vont y arriver, elles crient sur leurs enfants, elles vont être en retard à l'école, cela est impossible pour les autres de le croire, deux bourgeoises dans de beaux appartements meublés de commodes de chez Conran, lisses, solides, les tiroirs sont silencieux, ils se ferment d'un léger clic, sans effort, cela est invisible, elles-mêmes refusent de l'admettre. Elles sont coupables, l'enfant est enrhumé car elles l'ont mal couvert, l'enfant a des poux car elles n'ont pas fait attention. Parfois l'amour revient, les maris offrent des tulipes multicolores, des bagues en or, ils partent à Venise, ils ont choisi pour leurs gentilles épouses une chambre avec un lit à baldaquin, leurs seins ont rétréci d'une taille, jamais ils ne les quitteront, elles sont la famille, le socle, la mère de leurs enfants, mais elles ne sont pas drôles, elles sont chiantes et fatiguées, ce n'est pas grave de faire l'amour avec d'autres femmes, ils rentrent tard, ils sont discrets, mais pas toujours, l'envie de se faire prendre, de tout casser, cette prison insupportable, le mariage bourgeois qui enferme les hommes et les femmes, les mêmes conversations qui se répètent, les mêmes vacances, les mêmes désirs matériels, un nouveau sac, plus cher que le précédent, un nouveau fauteuil, plus cher que le précédent, l'ennui, elles n'ont pas toujours le temps de se laver les cheveux, à table leurs maris parlent beaucoup, leur coupent la parole quand elles tentent une remarque, c'est plus facile de se taire.

L'enquêtrice, qui n'a pas pris sa retraite, passe une tête. Elle est déçue, elle espérait qu'Héloïse et Esther, vu leur éducation, vu leurs diplômes, vu leur milieu, vu leurs relations, échapperaient à leur condition de femmes, d'épouses, de mères. Elles ont trente, trente-cinq, quarante ans, la tête baissée, les épaules ramenées devant elles, elles sont silencieuses et écrasées. Elle en était persuadée, grâce à leur statut social, l'argent, elles seraient plus libres, moins aveugles, leurs maris plus modernes, le système moins étouffant pour elles, et elles seraient capables de se révolter, de trouver une autre place. L'argent et la classe n'y font rien, elles sont essorées par leur genre.

2001

Le médecin l'explique avec clarté. Votre mère va s'enfoncer peu à peu dans un coma, elle ne subira pas de douleur physique, je vais lui proposer un traitement compassionnel. Soyez présente, accompagnez-la. Faites-vous aider. Cela durera six mois.

Il ajoute :

– Ne lui dites pas qu'elle va mourir.

Peu à peu, la mère d'Esther, telle qu'elle était, se transforme, c'est une longue et désespérante agonie, la souffrance de sentir qu'on se perd peu à peu, pas de douleur physique, une douleur morale sans fin.

Le médecin l'a annoncé, sa mère va mourir, c'est ainsi, il n'y a pas de faux espoir, mais au moins une certitude, elle va mourir et cette vérité soulage Esther. Elle peut s'y poser.

Mais la mère d'Esther doit le deviner alors que son esprit s'embourbe déjà, les mots et les questions se répètent, elle le comprend trop tard, en larmes, son esprit efface, la fin est là et personne pour le lui dire clairement. Elle a les yeux fermés, elle ne bouge plus depuis deux jours, ne se nourrit plus. Le fils d'Esther, un petit garçon de deux ans, comme chaque fois qu'il vient voir sa grand-mère depuis qu'elle est malade et retirée dans sa chambre, enlève ses vêtements, s'allonge nu sur le corps de sa grand-mère, pose sa tête sur sa poitrine, étend ses deux bras pour toucher davantage de peau. Elle, d'abord immobile, se laisse envahir par le corps nu de son petit-fils, puis soulève sa main droite pour enlacer le bras de son petit amoureux, car c'est ainsi que cette femme pudique, qui n'a jamais appelé ses enfants autrement que par leur prénom, nommait son petit-fils.

Héloïse, quand elle évoquera ces mois dans l'appartement de la mère d'Esther, Sylvie et Fati, ceux qui sont payés pour accompagner celle qui va mourir et ses proches, soulager la malade, écouter Esther, laver le corps de la malade, faire la cuisine, une maison propre, être là, ouvrir la porte, accompagner dans la chambre, refermer la porte, passer une tête au bon moment, faire un point avec l'infirmière de nuit, de jour, aider à remplir les papiers, rassurer, les draps en percale changés tous les jours, apporter un café chaud dans une tasse en porcelaine, un biscuit sur une petite assiette assortie, dire, ce n'est pas ta faute, tu fais comme tu le peux avec la mort et avec ta vie.

Héloïse se souviendra de la douceur de ces mois dans le grand appartement sombre.

Une amie qui n'est pas Héloïse lui demande de ses nouvelles. Esther soupire.

– Bof, pas bien.

L'amie s'étonne, puis répond :

– Ah oui, c'est à cause de l'événement.

Esther comprend que l'événement, trop dégoûtant pour être nommé, est la mort de sa mère.

2002

Esther hérite une somme d'argent importante. Elle est à la fois soulagée, elle sera, elle se le jure, moins inquiète, elle a de l'argent sur son compte qui jusqu'à présent était souvent à découvert, mais aussi mal à l'aise. Cet argent qui lui tombe dessus, sans effort, sans travail, est celui de ses parents morts, lui a expliqué le notaire, le fruit de deux vies de labeur. L'argent est sur un compte à la banque, elle n'arrive pas à écouter, à se concentrer quand le banquier, après le notaire, lui parle d'investissements et d'assurance-vie. Cela ne l'intéresse pas, mais elle s'achète des bottes rouges, un nouveau sac en cuir rouge aussi. Elle est gênée, mais pas suffisamment pour donner cet argent à des associations caritatives, elle le garde pour elle, le dépense, elle s'achètera un morceau d'appartement à Paris. Elle sait que désormais elle se démarque de ses collègues, elle est une héritière, quand la majorité d'entre-eux ne possèdent que le fruit de leur travail.

2005

Esther, son mari et leurs deux enfants emménagent rive gauche dans un grand appartement qui ressemble à celui de ses parents et qui est tout près de celui où elle a grandi. Elle inscrit ses deux fils à l'École alsacienne, c'est pratique, c'est juste à côté. Esther et Héloïse sont à nouveau voisines, leurs enfants après elles se retrouvent dans la même école.

Esther est embauchée à la rédaction d'une chaîne de télévision. Son chef la prévient, je ne te paie pas pour penser.

Héloïse est embauchée dans un cabinet de conseil prestigieux, sa cheffe la prévient, j'aime travailler avec les filles de bonne famille, car elles sont gentilles et obéissantes.

2006

Elles fêtent leurs quarante ans, elles n'ont toujours pas de rides. Les garçons de leur âge, de leur milieu, qui ont les mêmes diplômes, les mêmes expériences, sont mieux payés qu'elles et ont été nommés chefs, pas elles, elles ne trouvent pas cela injuste, elles pensent que c'est normal. Ils passent plus d'heures qu'elles dans leur bureau, ils ont davantage d'autorité, ils sont sûrs d'eux, ils parlent sans hésiter, elles doivent se dépêcher de rentrer à la maison s'occuper des enfants, elles se trouvent moches et nulles.

Le directeur d'un magazine de presse écrite propose à Esther d'écrire une chronique, mais il n'aime pas le texte qu'elle lui a envoyé. Esther persévère, car dans ces moments où elle écrit, son ordinateur sur les genoux, elle est bien. Personne, comme son chef, ne lui dit que ce n'est pas bien. Personne, comme son mari, ne lui dit que ce n'est pas ce qu'il attend d'elle. Elle écrit quelque chose sur son grand-père paternel. Elle ne l'a pas connu, son père ne lui parlait jamais de lui. Elle ne sait pas si ce quelque chose est un livre ou rien. Elle demande à son mari son avis, il lui répond que ce n'est rien. Elle l'envoie quand même à un éditeur. Elle imagine qu'il sera indulgent car quelques années auparavant il l'a draguée. L'éditeur lui affirme que c'est un livre. Esther sait qu'elle devra choisir entre son mari et écrire des livres, qu'elle ne peut avoir les deux. Le livre est publié, il reçoit un prix. Héloïse l'accompagne à la soirée de remise du prix et rentre avec elle, elles ne se parlent pas. Elles sont toutes les deux angoissées pour la suite.

2006

Héloïse possède un courage inouï mêlé à une grande naïveté, ce qui a toujours inquiété Esther. Comme Héloïse ne ment pas, elle n'imagine pas qu'en face on lui mente.

Héloïse raconte à Esther :

– Mon mari, le pauvre, s'est endormi dans sa voiture et y a passé la nuit. Il travaille tellement, il est tellement fatigué.

Esther trouve, posée sur la table du bureau, une facture d'une chambre d'hôtel à Paris. Après avoir frémi, pourquoi son mari a-t-il dormi dans une chambre d'hôtel à Paris ? Elle se rassure de la mention « chambre simple » établie sur la facture, imaginant le petit lit à une place dans lequel il a certainement dormi seul pour une raison qu'elle ignore, mais elle ne peut pas tout savoir de lui. Et n'en démord plus. Il ne l'a pas trompée, ce dont elle se persuade jusqu'au jour où cela l'arrange d'accepter la vérité, afin de ne pas se sentir coupable. Elle a un amant.

2007

La même année, Esther et Héloïse quittent leurs maris qui n'osaient pas les quitter.

Et elles rencontrent d'autres hommes.

L'enquêtrice sociale voit là un acte de rébellion qui la réjouit.

2008

Elles passent à nouveau leurs vacances ensemble.

Les parents d'Héloïse sont membres du Saint-Tropez Beach Club. Ils ont une tente située à l'entrée.

Ce sont les meilleures tentes, pour ceux qui sont là depuis toujours.

La maison du Baou n'est plus un problème. Ils sont propriétaires au domaine du Cap, ils sont de Saint-Tropez depuis toujours, la grand-mère d'Héloïse a acheté une petite maison de village à la Ponche en 1951, bien avant la mode. La règle est d'avoir été là avant. Vous trouverez toujours des gens qui sont arrivés après vous, vous les regardez avec gentillesse mais vous les méprisez, et quand vous en rencontrez qui sont arrivés avant vous, ils vous agacent.

Ce qui compte, c'est d'être membre du club et que votre tente soit bien située.

Les tentes pour les touristes et pour les membres récents sont tout au bout de la plage.

Depuis 1979 qu'Esther va en vacances chez Héloïse, c'est la même tente. Une petite maison en toile à larges rayures blanches et orange foncé, avec deux vestiaires pour se changer, munis de tablettes avec des brosses à cheveux (propres, sans cheveux accrochés), des crèmes solaires (de l'année, pas des vieux tubes avec de la crème séchée jaune qui sort quand on dévisse le bouchon), des miroirs, des maillots de bain bien rangés dans leur pochette en plastique et d'onctueuses serviettes blanches bordées d'un bleu roi flamboyant.

À l'avant, une terrasse, deux chaises longues, deux chaînes en toile, une table en verre sur laquelle des serveurs en veste posent une nappe à l'heure du déjeuner, club sandwich, pan-bagnat, salade César, ketchup, frites, moutarde, Coca, Seven Up.

Les tentes sont les unes à côté des autres, on entend parler italien, russe, anglais, allemand, arabe, français, chinois. La vue sur la mer est obstruée par d'autres tentes, les rires, les cris de joie, les énervements, les jeux de cartes et d'eau ; les corps des riches ne sont pas plus beaux que les corps des pauvres.

Esther et Héloïse sont avec leurs enfants.

Ils veulent des frites, ils veulent des glaces, ils veulent des bouées, ils ne veulent pas jouer aux cartes dans la tente, ils ne veulent pas rester tranquilles, ils ne veulent pas lire *Tom-Tom et Nana*, ils ne veulent pas se reposer, ils ne veulent pas se taire cinq minutes, on ne s'entend plus, on ne peut plus se parler.

Dans le club, il y a la plus belle piscine du monde, cinquante mètres d'eau de mer.

On y va.

Esther a peur que ses enfants se noient.

La fille d'Esther a cinq ans, elle veut apprendre à nager. Esther lui dit qu'elle est trop petite, Héloïse, elle, au contraire l'encourage, lui détaille les gestes de la brasse. La petite fille se lance, s'applique, avale de l'eau, crache, persévère, suivie pas à pas par Héloïse. Esther est plus loin, circonspecte. Héloïse est admirative, enthousiaste, quand Esther a peur. Bien après, il reste l'enthousiasme, l'admiration lumineuse d'Héloïse, cet après-midi d'été, la couleur vive de l'eau, ces souvenirs ont une telle force qu'ils se détachent, viennent vers Esther, traversent la toile blanc et orange des tentes et les hivers, sont présents.

2009

Esther se dispute avec un homme à propos d'une déclaration du ministre de l'Intérieur, Brice Hortefeux propose que l'on dénaturalise les hommes polygames.

Le ton monte.

Cet homme lui prend le coude, lui sourit et lui dit, je vais t'expliquer ce qu'il faut penser.

Esther lui répond, je ne suis pas d'accord.

Et elle n'en revient pas d'entendre le son de sa voix aussi assurée.

– Je ne suis pas d'accord.

C'est la première fois depuis très longtemps.

La dernière fois qu'elle a dit, non, je ne suis pas d'accord, ou non, je ne veux pas, c'était avant la mort de son père, quand elle pensait qu'elle était géniale.

2010

Héloïse est menue et sportive, a un rire d'enfant, elle est le plus souvent étonnée de la rudesse des autres.

Héloïse et Esther sont sur le bateau du père d'Héloïse, Héloïse prend à part Esther et lui souffle dans l'oreille : félicite-le sur sa manœuvre, cela lui fera très plaisir. Esther est épatée qu'elle se préoccupe ainsi de la sensibilité de son père. Il ne serait pas venu à l'esprit d'Esther de s'inquiéter pour le sien s'il avait été encore en vie.

2011

Héloïse annonce à Esther :

– Mon père va mourir.

Après l'enterrement de son père, Héloïse confie à Esther :

– Quand ton père est mort, je n'étais pas là pour toi. Pas assez.

– Ce n'est pas vrai, tu étais là.

À quelques années d'intervalle, Héloïse divorce d'un mari qu'elle aime et admire, son père qu'elle aime et admire meurt.

Esther l'encourage à aller voir un psy.

Héloïse lui obéit, mais ne se sent pas davantage consolée. Elle arrête très vite.

Son chagrin ne l'empêche pas de continuer l'aventure de l'amour, elle séduit, aime, fait l'amour, il y a juste ce regret qui refuse de s'éteindre, cet homme qui l'a trompée, ne l'aimait plus, en aimait une autre, ne serait plus jamais le sien.

C'est l'anniversaire de son futur ex-mari, Héloïse cherche un cadeau. Elle a une liste d'idées qu'elle partage avec Esther, les cadeaux sont somptueux.

2013

Esther est licenciée de son travail, elle se demande si elle ne va pas finir à la poubelle.

Héloïse lui propose de l'aider, elle pourrait demander à son grand cousin de la recevoir, de lui donner des conseils, il connaît quelqu'un qui connaît le PDG de l'entreprise où elle travaille, il connaît aussi le PDG de l'entreprise concurrente où elle pourrait postuler, elle pourrait lui prêter de l'argent.

– Mais comment vas-tu faire, Esther, sans travail, sans mari, sans famille ?

Esther lui répond, tout va bien, même si ce n'est pas vrai, c'est difficile, mais c'est encore plus difficile pour elle de l'admettre. Elle préférerait qu'elles changent de sujet de conversation.

2015

Héloïse et Esther marchent dans une forêt de la vallée de Chevreuse.

Esther a téléphoné le matin à Héloïse, elle lui a enfin avoué :

– J'en ai marre, je n'y arrive plus, c'est trop dur.

Héloïse a répondu :

– J'arrive.

Elle a rejoint Esther et elles sont allées marcher, bruyères, fougères, bouleaux, chênes.

– Tu ne peux pas te battre contre tout, Esther. Garde tes combats pour ce qui compte, laisse tomber le reste. Tu t'occupes de tes enfants. Tu dois travailler et gagner de l'argent. Le reste, tu t'en fiches.

Esther, qui n'a pas l'habitude d'obéir, lui obéit.

C'est le début de l'automne et c'est aussi facile que ça.

Esther s'allonge dans la clairière, écarte les bras et les jambes.

Héloïse s'est assise à côté d'elle.

Esther sent le sang circuler dans son corps.

Elle n'en revient pas que cela soit si facile.

Héloïse lui a juste dit :

– Laisse tomber.

Après, Esther adore répéter à Héloïse ce qu'elle lui doit, le droit d'avoir quelques défauts.

2015

Esther vient de publier un livre sur son père, elle est interrogée par une journaliste. Elles sont dans la cuisine de son appartement, une vaste pièce au carrelage de couleur vive, la table des années soixante est en marbre blanc.

La journaliste lui demande :

– Vous êtes d'une famille bourgeoise ?

Esther répond, assurée :

– Non, pas du tout. Je suis une petite-fille d'immigrés.

La journaliste insiste :

– On croit que le bourgeois, c'est l'autre, être bourgeois, c'est tellement mal vu, on connaît toujours plus bourgeois que soi.

Cette journaliste a raison. Elle est une bourgeoise.

2015

Héloïse dîne avec Esther et ses enfants. Elle est dans la cuisine, elle est agitée, elle doit envoyer un mail, en attend un autre, elle est collée à son téléphone, ce travail dans le service de communication d'un laboratoire pharmaceutique, sa $n - 1$ qui veut prendre son poste, une fille au culot monstre, qui flatte le PDG, qui met des décolletés, qui a copié son rapport et mis son nom, ce n'est pas bien, non, de faire ça ? Je devrais le dire ? Tu crois que je dois démissionner ?

Ses présentations, ses dossiers, ses analyses, ses recommandations, ses PowerPoint sont parfaits et elle est toujours déçue ou, plus précisément, elle a toujours le sentiment d'être une déception pour les autres.

Des amies d'Esther, Héloïse est la plus sérieuse, elle n'est pas drôle mais elle rit beaucoup, elle a un métier que ne comprend pas Esther, entre le marketing et la communication, les relations publiques et le conseil, alors qu'elle est timide, réservée et n'a aucune confiance en elle.

Quand elle en parle, détaillant les stratégies des boîtes dont elle part régulièrement pour des raisons obscures, Esther fait semblant d'écouter et d'approuver. Elle garde son admiration envers Héloïse pour une autre raison.

Héloïse s'habille depuis ses quinze ans comme une dame, avec les vestes de couturier de sa grand-mère, elle n'est pas sexy, ni minijupe, ni décolleté, plutôt un style jeune fille qui s'habillerait en dame. Elle porte des bijoux trop lourds, dorés, se maquille, se coiffe, met des collants, malgré tous ces handicaps en valeurs socialo-parisiennes, Héloïse additionne, depuis son divorce, des amoureux transis qu'elle quitte avec la même régularité que les entreprises où elle travaille.

Elle détaille les raisons de ses ruptures à Esther qui l'écoute, passionnée. Il n'est pas assez ceci, flamboyant, cultivé, drôle et cela, il est moins génial que son ex-mari, il est moins génial que son père, et Esther la freine, lui vantant la chance inouïe d'avoir cet homme qui l'aime. C'est ici, dans ses relations avec les hommes, avec son désir, qu'Héloïse, avec ses chemises sages en soie boutonnées, ses jupes jamais trop courtes, exerce pleinement sa liberté, quand Esther, sa chemise en voile de coton ouverte sur sa poitrine, est plus corsetée.

Esther demande à son amie, mais toi, qu'est-ce que tu aimerais faire vraiment, tu peux choisir, tu peux tout faire, tu es intelligente, tu as de bons diplômes (pensant qu'elle est comme elle à tout choisir, décider, mener), mais Héloïse ne choisit pas, se laisse porter par son sérieux, sa bonne éducation, ses diplômes, les petites annonces sur LinkedIn, ses doutes, elle est embauchée à des postes pour lesquels elle est surqualifiée et sous-payée, et le texto de son *n* + 1 arrive, ce n'est pas la réponse qu'elle espérait, ce n'est pas à elle que l'on va confier la mission intéressante, mais à la fille « au culot monstre ».

Enfin Héloïse s'assoit, interroge les enfants d'Esther, des questions précises, écoute, fume une cigarette, propose au fils aîné d'Esther qui veut présenter Sciences Po les fiches préparées par son fils qui vient d'être admis du premier coup comme elle l'a été.

Le lendemain, Héloïse téléphone à Esther :

– Tu n'as pas mal au cœur ?

– Ben, non.

– Parce que moi, j'ai mal au cœur.

– Tu as peut-être une gastro ? C'est le dîner d'hier ?

– Cela fait trois semaines que ça dure. Tu crois que c'est normal d'avoir la gastro pendant trois semaines ?

– Heu, je ne sais pas. Peut-être oui. Peut-être que c'est normal.

2015

Esther sort du Franprix, il est 19 heures, un 19 heures de novembre qui répond en tout point à ce qu'on attend de lui, brun, humide, fatigué. Elle a un sac chargé d'un dîner sans imagination, blanc de poulet, riz. Héloïse l'appelle et elle répond, car quand elles se parlent elles ont toujours onze ans bien que désormais elles en aient quarante-neuf, que c'est agréable de revenir en arrière. Héloïse a son ton clair, direct, cristallin, étonné, son ton habituel, peut-être que le rythme est plus rapide, plus tendu.

– Il y en a partout.

– Quoi partout ?

– La maladie.

Esther a répondu oui, mais l'information n'est pas entrée dans son cerveau, une barrière s'est installée et le mot « maladie » s'est écrasé avant d'atteindre le centre de compréhension. Il y a ce mot « symptôme », cette association « glande », « sang », « mortelle », « poumon », mais le lien entre tous ces mots, son cerveau n'a pas été capable de le faire. Esther a donc raccroché comme si la vie normale continuait, celle où la mort n'existe pas a pris le métro, posé sur la table de la cuisine ce qu'elle a acheté au Franprix, et là, alors qu'elle range dans le frigo les yaourts au chocolat, le lien s'est fait, la nausée l'a envahie, elle veut téléphoner à Héloïse, mais elle a très mal au cœur à son tour, cette gastro sans fin dont Héloïse lui a parlé la prend. Esther a peur, mais elle n'a pas le choix, elle téléphone à Héloïse, et lui pose la question dont elle connaît la réponse, qu'elle lui confirme ce qu'elle ne souhaite pas savoir.

– C'est quoi ton truc ? C'est grave ?

Héloïse a répété :

– Oui. Il y en a partout.

Esther marche vers chez Héloïse, chacune de part et d'autre du jardin du Luxembourg, Esther à Port-Royal, Héloïse à Vavin.

Depuis leurs onze ans, il y a égalité, l'avantage de l'une compensé par le problème de l'autre et inversement, mais là, sur le boulevard du Montparnasse, entre Vavin et Port-Royal, il n'y a plus de comparaison possible, de ressemblance, d'avance ou de retard, il y a ce que définit Esther avec rage, une trahison.

Comment fait-on face à la mort quand elle est là, brute, sans artifice et qu'il n'y a rien pour lui échapper ?

Héloïse ouvre la porte, elles ne s'embrassent pas, elles ne s'embrassent jamais, elles restent debout.

Héloïse parle la première :

– Je n'ai pas peur de mourir.

– Je vais me battre.

– Jusqu'au bout.

– En attendant, je vais vivre.

– J'ai envie de voyager.

– Il y a plein de pays que je ne connais pas.

– Voilà.

Le grand et beau cousin d'Héloïse arrive, ils vont parler aux enfants ensemble, leur annoncer que leur mère est malade.

Esther s'en va, soulagée de lui laisser ce rôle.

Il y a la vie normale, où on ne sait rien, où on ne peut pas prévoir ce qui va advenir, où tout est constamment modifié, changeant, *Summer Soft* de Stevie Wonder passe à la radio, la chanson vous amène ailleurs, un amour perdu, la rame du métro est en retard, l'appel plein de reproches d'un collègue, l'agacement de ne pas être comprise, une allergie dans le cou, rien pour soulager les démangeaisons, la vie normale telle qu'elle est, les chagrins et les soulagements, le passage de l'un à l'autre, un balancier qui d'un coup se fige dans un dernier basculement, la certitude est un leurre, la mort se présente, déchire tout le reste, seule la mort existe.

Voilà c'est terminé, cela s'arrête ici. C'est encore trop tôt. Tous ces vieux qui vivent si longtemps, pourquoi nous ?

Elles n'ont pas cinquante ans, des cheveux blancs à peine visibles grâce à d'excellentes et subtiles teintures, le visage lisse reflet de leur hygiène de vie impeccable, les cernes légers signes de l'heure si raisonnable à laquelle elles se couchent, leurs jambes sont épilées, leurs seins petits et donc moins susceptibles d'abriter une tumeur, elles dînent de poireaux, de saumon frais et de kiwis, un verre de vin rouge par jour tel qu'il est recommandé par tous les médecins, et elles vont mourir jeunes ?

Elles sont des filles sages, des filles qui dorment la nuit, font leurs devoirs, ne se percent pas les oreilles, ne redoublent pas leurs années universitaires, ne suscitent pas l'inquiétude, pour leurs parents « ça roule », elles ont fumé un joint une fois en pouffant, puis elles se marient, ont des enfants, un travail, elles se couchent toujours tôt, elles sont fatiguées, leurs maris sont absents, les enfants petits, puis ils grandissent, c'est plus facile, elles divorcent, ont des histoires d'amour.

Sa maladie n'est pas expliquée par des événements de sa vie passée. Elle n'est pas le résultat d'un traumatisme, d'un grand chagrin, d'une blessure grave, d'excès de tabac ou d'alcool. Quand elle est tombée malade, elle était heureuse, amoureuse, ses enfants allaient bien, elle travaillait, elle n'avait pas de soucis d'argent. Elle avait des tourments. Elle avait perdu son père, son mari. Les chagrins d'une vie, les chagrins mesurables, ce ne sont pas des chagrins qui peuvent provoquer une maladie mortelle. Sinon, on serait tous malades.

Elle est le contraire d'une « conductrice à risque », elle est douce et sérieuse, elle n'a pas confiance en elle, ce n'est pas une raison pour qu'une maladie mortelle lui tombe dessus.

Un jour, Héloïse s'inquiète d'avoir mal au cœur, cela dure depuis trois semaines (mais Héloïse s'inquiète toujours pour rien, juge Esther comme si cela n'était pas aussi son cas).

Quinze jours après, son médecin lui annonce, le foie, les os, le poumon sont touchés, qu'il n'y a pas de traitement, on ne peut pas l'opérer, Héloïse « tombe de haut » et ce cliché est juste, Esther, elle, n'en revient pas et pour une fois aussi le cliché « ne pas en revenir » est juste. Personne ne peut dire « avec la vie qu'Héloïse a menée », « les excès ». Avec la vie qu'elle a menée, elle aurait dû vivre jusqu'à cent vingt ans. C'est un scandale, et nous ne nous laisserons pas faire, clame Esther, mais elle se trompe, ce n'est pas sa maladie, ce n'est pas sa mort.

Contrairement à Esther, Héloïse ne se scandalise pas.

Héloïse sait qu'il n'y a pas de raison, d'explication, la malchance, le fatum, c'est ainsi.

2016

Il y a ce premier mois après l'annonce pendant lequel la mort ne veut céder aucune place et pourtant on refuse de l'entendre, la plus minuscule information positive est amplifiée, transformée s'il le faut. On écoute et retient les chiffres qui arrangent, correspondent à l'histoire que l'on souhaite entendre. On construit sa mythologie propre, « elle va s'en sortir », retenant et répétant les faits qui permettent de le prouver, même s'ils sont maigres, flous, instables. Les autres, ceux qui auraient l'audace d'aller contre ce que vous souhaitez, ils sont négligeables, vous les rejetez, vous les traitez de maigres, de flous, d'instables, alors qu'évidemment ils sont au contraire massifs, certains, puissants.

Héloïse n'a aucune chance de s'en sortir.

Et la roue tourne à nouveau.

Vous aviez raison d'y croire, vous aviez raison de vous lier à ces minuscules cailloux que vous étiez seul à comprendre. Vous aviez raison d'être fou et naïf, de voir dans des signes incohérents un futur heureux. Vous n'êtes pas fou ni naïf. Mais cela n'est qu'une question de chance. Il suffit d'un rien pour basculer d'un état à un autre, de la maladie, de la mort à la vie, de la tragédie à la joie, de la bêtise à l'âme forte.

Il y a ce premier miracle, sa maladie réagit à un nouveau traitement. C'est ce qu'Héloïse dit à Esther au téléphone. Des pilules aux effets secondaires si ridicules qu'elle en rigole, la peau sèche, des poils en trop. Elles avaient raison de ne pas être raisonnables.

Héloïse répète ces mots magnifiques, les cellules sont des astres morts.

Revenons à une vie normale où la mort n'existe pas.

L'amour.

Héloïse a un nouvel amoureux qui a l'avantage de porter le même prénom que son premier mari qu'elle aime toujours secrètement et de ressembler à son grand cousin qui est très beau et très généreux.

De janvier à la fin de l'été, Héloïse et Esther s'extasient ensemble sur ce nouvel amoureux rencontré quinze jours avant l'annonce de la maladie mortelle et qui n'est pas parti en courant.

Esther aussi a un nouvel amoureux.

2016

L'amoureux d'Héloïse loue un bateau, elle fume quelques cigarettes. Son corps fin, musclé, plongé, allongé dans la mer Méditerranée. Les yeux éblouis, Héloïse raconte à Esther, jamais un homme n'a été comme cela avant avec moi, il me regarde des heures, me prend dans ses bras, il reste ainsi sans se lasser.

Héloïse est très heureuse.

En rentrant de vacances, Héloïse tousse, le premier traitement est moins efficace, son médecin lui a proposé d'expérimenter une deuxième génération de médicaments.

Héloïse cherche du travail, en trouve, téléphone à Esther pour lui décrire de nouvelles fonctions, des problèmes de place de parking, de collègues, Esther met l'appareil sur haut-parleur, se lave les mains, les essuie, se rattrape à temps pour formuler une réponse plausible.

Elles se parlent au téléphone, comme avant (quand la mort était impensée).

Puis cela va moins bien.

La thérapie n'est plus efficace pour Héloïse.

La mort revient dans sa vie, mais les médecins n'emploient pas l'expression « maladie mortelle », ils utilisent ce langage étrange qu'il faut constamment traduire, ils évoquent « le pronostic vital », « l'impasse thérapeutique », « la létalité » et nient que tout cela soit « engagé ».

Le mot « mort » n'est jamais prononcé, cité, exprimé, interrogé, il disparaît des conversations comme s'il s'agissait d'un mot inconnu alors qu'elle, la mort n'a jamais été aussi présente.

Personne à qui Héloïse puisse demander :

Est-ce que la mort fait mal ?

Faut-il lui parler, négocier avec elle ?

Comment se prépare-t-on à mourir ?

Que fait-on quand la mort est là et qu'il faut dire adieu à la vie ?

2017

Elles ont rendez-vous devant l'hôpital Cochin pour la première phase d'un nouveau traitement.

Esther lui a proposé de l'accompagner à l'hôpital, c'est le seul moyen de sortir d'elle-même. La veille, son amoureux l'a larguée. Il lui a assené « arrête de pleurnicher » après lui avoir répété pendant des mois qu'elle était « la femme de sa vie ».

Esther a envie de mourir puis elle a honte d'avoir une telle pensée.

C'est un jour de canicule de la fin du mois de juin, Esther attend Héloïse qui est en retard. Elles ne se sont pas vues depuis dix jours. Elle observe une femme très enceinte recouverte d'un tissu noir de la tête aux pieds, accompagnée d'un homme en short qui tient un petit enfant par la main puis une silhouette maigre et courbée qu'elle ne reconnaît pas tout de suite, elle a l'air âgée. C'est Héloïse, elle a très mal aux jambes, le fémur est atteint, mais elle est venue à pied, elle habite trop près de l'hôpital, elle n'a pas osé prendre un taxi. Héloïse s'appuie au bras d'Esther, elles marchent à petits pas vers le lieu du traitement. Là, il y a un semblant de fraîcheur, un ascenseur qui fonctionne, une infirmière qui les accueille gentiment, installe Héloïse dans un gros fauteuil recouvert d'un plastique vert amande, une fenêtre donne sur un arbre. Esther sort le temps que l'infirmière installe la perfusion, elle s'assied dans une salle à manger/attente/cafétéria avec micro-ondes, distributeur automatique, odeur de chocolat, et quatre tables en formica. Une affiche offre des renseignements et conseils pour gérer son traitement. Esther inhale doucement par le nez et expire par la bouche comme on lui a appris pour faire face à ce type de situation. Une dame en blouse blanche lui demande si elle est là pour un soin, si elle attend son tour.

Esther retrouve Héloïse, elle se concentre sur le visage de son amie, l'arête du nez est plus aiguë, le contour de son menton s'est durci, est-ce qu'elle peut faire quelque chose ?

Oui, et cela aide Esther.

Héloïse a oublié le chargeur de son portable et s'affole. Esther lui propose d'aller le chercher. Esther se retrouve dehors, d'abord contente d'échapper au traitement qu'elle ne doit pas subir, mais dehors, ce n'est pas vraiment mieux, affronter le trop-chaud, les deux tristesses se confondant, sans qu'il soit possible à Esther de distinguer l'une de l'autre. Celle de la maladie d'Héloïse, celle d'un amour qui disparaît d'un coup de téléphone. Elle marche très vite, elle doit appeler Héloïse une première fois, elle a oublié le code, puis une deuxième, elle n'arrive pas à ouvrir la porte d'entrée de l'appartement, Héloïse lui indique la bonne clé, c'est la première fois qu'Esther est seule chez son amie.

Elle regarde les photos encadrées d'argent posées sur une commode.

Le mari d'Héloïse en haut-de-forme le jour de leur mariage, elle dans une robe de faille, cintrée, sa robe était si jolie qu'elle avait été photographiée pour une publicité du Bon Marché.

Deux petits enfants en cagoule, une bleue, une rouge, les cagoules mangeant leurs fronts et leurs joues.

Celle où Héloïse et Esther ont vingt ans et sont en maillot de bain allongées l'une à côté de l'autre sur une plage.

Dans sa chambre, à côté du lit d'Héloïse, comme elle le lui a indiqué, Esther cherche. Elle soulève des piles de livres et un collier en or, Esther le soupèse. C'est le collier qu'Héloïse porte sur la photo en maillot de bain, un collier aux chaînons épais qui contraste avec son corps gracile, elle se demande qui en héritera à sa mort, elle ne trouve pas le chargeur.

Dans la salle de bains, sur le rebord du lavabo, des crèmes luxueuses, Esther achète les siennes en pharmacie. Elle regarde le nom des marques en lettres dorées, lit les descriptions des élixirs, les sérums aux effets prodigieux, elle ouvre un rouge à lèvres rose, il y a peu de chance que le chargeur se trouve dans le pot de crème siglé Dior, mais elle ne peut pas s'en empêcher, elle plonge son doigt poisseux dans la crème nacrée, le passe entre ses yeux, là où une ride s'est formée. Le chargeur est là sur le rebord en marbre blanc. Elle hésite à regarder dans le placard, les pulls en cashmere, les vestes Chanel dont Héloïse a hérité de sa grand-mère, ils sont toujours là. Alors qu'Esther tend la main pour caresser les fils dorés d'un cardigan, elle entend quelqu'un entrer, elle referme le pot de crème, la porte du placard, c'est le fils cadet d'Héloïse. Esther lui explique la raison de sa présence dans la salle de bains de sa mère et elle file, la rue à nouveau avec sa chaleur de four, le panneau « Oncologie », l'ascenseur.

Héloïse la remercie, elle a besoin d'être toute seule maintenant, elle veut téléphoner à son amoureux, Esther l'envie, elle reviendra pour la sortie dans deux heures, en attendant elle va nager à la piscine de la rue de Pontoise, celle qu'elle partageait avec l'ex-amoureux, elle pleure bruyamment sur une longueur puis se reprend.

2017

Le contrôle.

Héloïse énumère pour Esther la succession de scans de contrôle sans se plaindre.

Elle attend un contrôle ou elle revient d'un contrôle. Cet « avant » et cet « après » s'enchaînent avec régularité. Avant, il y a toujours un suspens. Est-ce que ce sera mieux ? Est-ce qu'il y aura moins de marqueurs ? Est-ce que le traitement fonctionne ?

Héloïse et Esther imaginent ensemble les bonnes nouvelles. C'est à chaque fois une histoire qu'elles se racontent qui ressemble à cela ; les marqueurs de la maladie sont minuscules, on peut les traiter facilement.

Elles s'échauffent ensemble sur ce qui pourrait aller mieux. Est-ce qu'Héloïse fait semblant d'y croire pour rassurer son amie ? se demande Esther.

Après le contrôle, ce n'est jamais bien.

Mais il y a un nouveau traitement qui donne de très bons résultats, le médecin est rassurant, affirme Héloïse.

Héloïse répète à Esther ce que lui dit son médecin alors que les traitements échouent les uns après les autres, elle n'est pas dans une « impasse thérapeutique ».

Et puis, très vite, revient l'attente du nouveau contrôle et donc de l'espoir.

2017

Esther lui demande, comment vas-tu ? Héloïse répond, mal.

Pourtant, elle fait tout bien. Elle mange des légumes, fait un peu de sport, se repose, évite les émotions brusques (comme si cela était possible), prend soigneusement ses médicaments, boit de l'eau minérale, suit les séances les unes après les autres.

Elle ne croit pas aux traitements alternatifs (reiki, naturopathie, ostéopathie, machinopathie, ail, thé vert, citron et supplications en tout genre). Elle n'a jamais été dans le déni de ce qui lui arrive.

Elle est à la fois sage, rationnelle, obéissante et désespérée, faisant des projets incongrus, extravagants, je voudrais être décoratrice, ouvrir une galerie d'art, déménager, quitter mon amoureux, partir en Inde avec mon amoureux, elle fume sans se cacher parfois une cigarette.

Son médecin lui explique, il faut apprendre à vivre avec votre maladie. Elle obéit.

2017

Héloïse constate les faits, les énumère, à peine affolée, l'évanouissement pendant une séance, l'impossibilité un matin de se lever, la peur de rester seule chez elle, les examens, les uns après les autres, les reflux et les avancées de la maladie. Elle est dans une prison où la sortie serait sans cesse reportée à plus tard, et nous sommes ses geôliers, ceux qui lui laissent croire qu'il y a une libération possible alors que sa cellule ne cesse de rétrécir, chaque jour la taille des fenêtres diminue, c'est imperceptible à l'œil nu, mais il suffit de ne pas passer la voir pendant une semaine pour constater les dégâts, le souffle est plus court, la démarche encore plus malhabile, alors nos mensonges sont de plus en plus grossiers.

Elle évoque dans une langue précise, médicale, technique, la maladie, les traitements, les noms des médicaments, les effets, comme tout bon malade, elle apprend la langue de l'hôpital, langue qu'Esther refuse de retenir, les mots pleins de *x*, de *y*, de *mo*, de *chi*, de *gly*, Héloïse connaît l'histoire des médicaments, les évolutions, les nouveautés, en France, aux États-Unis, les pilules de pointe, révolutionnaires, en essai, non homologuées, expérimentées sur les rats, les souris, les singes, les morts, les protocoles, les autorisations, les laboratoires, leurs financements, les chercheurs, rien ne lui échappe.

Elle est méthodique, analytique, consciente, perfectionniste, organisée, elle ne se révolte pas. Elle analyse comment combattre sans crier, elle combat avec sa bonne éducation sans jamais fléchir, sans jamais lâcher, s'il vous plaît, quel est le meilleur médecin, service, médicament, qui connaît le moyen d'y accéder, d'avoir le rendez-vous, le traitement et elle y arrivera.

2017

Depuis qu'elle est malade, Héloïse n'est pas plus courageuse, forte, sensible, elle possédait ces qualités avant. La maladie ne lui a rien apporté, ne l'a pas transformée en mieux, n'a pas été rédemptrice, ne lui a rien appris sur elle, elle a eu comme seul effet un long et pénible supplice.

2017

Héloïse souffre. Les douleurs sont physiques et morales. Leurs manifestations sont intenses, leur acuité varie, elles sont parfois acides, parfois graves, parfois sourdes, parfois profondes, cela tape, cisaille, coupe, scie, ondule, frappe, attaque, la douleur déborde, gicle, salit, étrangle dans les os, les poumons, le foie, le crâne.

Héloïse exprime de manière factuelle, sans grimace ; j'ai mal. Elle précise parfois où, les tibias, le bas du dos.

L'empathie n'existe pas, personne ne peut se mettre à la place d'Héloïse ou même prendre une part de sa douleur.

Esther est impuissante, elle ne peut imaginer ce que ressent son amie, elle ne sait pas ce que c'est. Une brûlure, un tiraillement, un déchirement qui vient de l'intérieur, des pinces, des coups de marteau sur ses jambes, qui ne s'arrêtent jamais. Esther écrit cela, son corps allongé, son ordinateur posé sur ses cuisses, rien ne la heurte, elle est en bonne santé, elle cherche des synonymes à douleur, déchirement, contraction, torture, supplice, pour cerner quelque chose qui ne se partage pas. Cherche dans ses souvenirs, un accouchement, une entorse, une chute et constate que la douleur physique est oubliée, seule la blessure morale revient.

Esther regarde Héloïse, elle a coupé ses cheveux châtains très court. Elle qui a toujours été apprêtée s'est débarrassée, revenue à la beauté simple, désencombrée, sans genre, de son adolescence. On voit mieux ses grands yeux clairs, elle est très belle, seule la douleur trace de nouvelles barres sur son front, la bouche parfois se crispe, les dents serrées, les mains jointes qui se détachent pour frotter, tenter de calmer la lacération qui vient des os, les tranchées qui cisaillent le foie, les salves qui étreignent les poumons, rien n'échappe, rien n'est pas apaisé, tout est sursaut, explose.

La douleur reste inatteignable, incompréhensible pour l'autre.

Ce qu'Héloïse redoute le plus, ce n'est pas la souffrance physique, c'est de « perdre la tête », d'assister à une dissolution d'une partie de ce qu'elle est ; précise, attentive, organisée.

Le médecin lui a conseillé un nouveau traitement.

Mais qu'est-ce qu'il y a de pire pour son esprit : le traitement qui risque de détruire sa vivacité ou la maladie qui risque de détruire cette même vivacité ?

Esther pensait à sa mère qui elle a perdu, les derniers mois de sa vie, ce qu'elle avait été, son humour mélancolique, sa vision sans cynisme et pourtant acide des relations humaines, se transformant, chaque jour plus atone. Et pourtant elle avait été capable de manifester l'amour qu'elle portait, ce qu'elle cachait, par pudeur et éducation, quand elle « avait toute sa tête ». Esther se souvenait. Sa mère n'était donc pas « moins » elle-même, elle était juste une autre, plus tendre, moins tendue par son passé catastrophique.

Cet été, le médecin a renoncé à ce dernier traitement, Héloïse reste seule à Paris, avec sa peur. Elle questionne Esther, comment tu me trouves ? Tu me dis si je parle bizarrement, si je deviens folle, si je me répète, si je ne comprends pas.

Esther l'écoute, attentive, non, je n'entends rien d'étrange.

Héloïse a de plus en plus de mal à marcher, elle insiste, veut rentrer seule chez elle, Esther la laisse, pense trop tard aux trois étages qu'elle doit monter, dans l'élégant immeuble qui date du XVIIe siècle où vit Héloïse, le large escalier de pierre est recouvert d'un tapis bleu roi, aux murs sont accrochées des reproductions de tableaux, scènes de chasse, scènes de cour. Il n'y a pas d'ascenseur. Elle monte marche après marche, les coups qu'elle reçoit sans cesse, la morphine qui la fait vomir. Elle est une femme torturée qui n'avoue rien.

2018

La mort n'existe pas. Pourtant elle va mourir. Tout le monde le sait, c'est une question de mois.

Héloïse garde pour elle ce qu'elle lit sur Internet sur sa maladie, les chances de s'en sortir (nulles), le temps qu'il lui reste à vivre (entre trois mois et un an), ce qui a un rapport avec la fin de sa vie. Esther effectue les mêmes recherches. Mais de cela, elles ne parlent pas ensemble.

2018

Elles se retrouvent pour dîner, Esther, Héloïse et sa mère. Elles sont toutes les trois, dans cet entre-deux, qui n'est pas la mort, qui n'est pas la vie, mais le moment flou où la fin n'est plus une incertitude lointaine, s'affiche avec détermination, cerne tout ce qui reste de la vie d'Héloïse, balise toute conversation, tout geste, de sa gravité. C'est la dernière fois qu'elles dînent ensemble, et il faut encore faire semblant, par délicatesse pour sa mère, qu'elle garde un semblant d'illusion, qu'elle puisse dormir quelques heures cette nuit. Alors quand elles se quittent, qu'Héloïse est chez elle, quand sa mère dit à Esther, c'est foutu, Esther s'exclame d'une voix assurée : pas du tout.

2018

La chambre d'Héloïse à l'hôpital Cochin n'est pas triste, ni laide, ne sent pas mauvais. C'est une vaste pièce claire, une grande fenêtre ouverte donne sur des marronniers, le soleil.

Héloïse évoque un ami qui doit lui rendre visite le lendemain, il travaille pour un laboratoire américain, un nouveau traitement, les nouveaux traitements sont toujours révolutionnaires, elle pourrait en bénéficier. Esther approuve, l'encourage, elle n'en fait pas assez pour surmonter la fable du traitement révolutionnaire.

Je repasse t'embrasser demain, dit Esther à Héloïse, et elle file.

Esther pense à tous ces adieux ratés. Le dernier regard de son père, il est dans une ambulance, il fait un geste du bras par la fenêtre, c'est un regard triste qu'elle ne lui a jamais vu, elle répond par un grand sourire comme s'il ne s'agissait que d'un départ en vacances. Le dernier geste de sa mère, enserrant le bras potelé de son fils. On fait semblant de croire que l'on va se revoir, à très vite, on sourit, son père savait, sa mère savait, Héloïse sait, mais par politesse pour les vivants, ils font semblant d'être toujours de leur côté.

Au Moyen Âge, la crainte était de mourir brutalement, sans pouvoir se préparer, sans être accompagné par des paroles et des gestes, sans parler une dernière fois à ses proches, dire ce qu'on avait à leur dire, la mort était apprivoisée (selon l'expression de Philippe Ariès). Et mourir seul et sans adieu était la plus grande crainte. Cette mort innommée, sauvage, est aujourd'hui la nôtre.

2018

Le soir de la mort d'Héloïse, Esther erre à proximité de l'hôpital Cochin, sans oser s'approcher. Elle aimerait y aller, elle n'ose pas déranger sa famille. Elle s'assoit sur un banc boulevard de Port-Royal, attend l'appel de la mère d'Héloïse.

Celle-ci l'appellera le lendemain matin. Elle parle avec la même clarté que sa fille. Elle répète à Esther ce que lui a dit Héloïse.

Elle a confié à sa mère, c'est difficile de mourir, et la mère d'Héloïse a demandé à l'infirmière d'aider sa fille à mourir.

Pour une mère, entendre cela de sa fille, « c'est difficile de mourir », c'est une confidence terrible, mais Héloïse avait l'habitude de parler sans les petites mystifications qui nous aident, enjolivent la réalité pour continuer d'avancer.

2018

Nos morts sont aussi injustes que nos vies mêmes, certaines douloureuses, longues, pénibles, cruelles, violentes, et d'autres tranquilles, le cœur qui s'arrête d'un coup d'une femme assise sur un fauteuil en rotin dans son jardin, un homme entouré qui vient de se coucher, pousse un léger cri, voilà, c'est terminé.

Il y a l'âge acceptable et celui qui ne l'est pas.

Alors qu'Esther se plaignait à son oncle qu'un ancien amoureux, malade d'un cancer, refusait de la voir, de répondre à ses messages, son oncle lui a appris que mourir est un long et douloureux travail que l'on ne pouvait accomplir que seul ou avec quelqu'un de très proche.

L'oncle d'Esther et sa femme s'étaient enfermés chez eux, attendant sa mort à elle. Lui est mort dix ans après. La veille au soir, il était au cinéma, il était rentré fatigué, il est mort dans la nuit.

Héloïse est morte dans une chambre d'hôpital, sa mère et ses enfants, son cousin, son amoureux, son ancien mari auprès d'elle.

2018

Une messe pour l'enterrement d'Héloïse, l'église est pleine, les amis d'Héloïse sont habillés de manière sobre, des couleurs claires, neutres, élégantes, le prêtre ne connaissait pas Héloïse, il dit les phrases évidentes et tristes que l'on dit sur une femme, une mère, qui meurt trop jeune. Au cimetière, son fils parle, il est souriant et doux, Esther rappelle les exploits d'Héloïse en gymnastique, les larmes sont discrètes. Après il y a un cocktail dans l'appartement d'Héloïse, des mini-croque-monsieur, des mini-éclairs au chocolat sont servis par un maître d'hôtel. Esther retrouve des amis de l'École alsacienne, la plupart n'ont pas quitté le quartier ou sont revenus, leurs enfants sont scolarisés dans leur école, quelques rires discrets, Héloïse est évoquée avec émotion. Esther regarde les photos sur la commode, son mariage, les enfants dans leur cagoule rouge, elles deux en maillot de bain, une femme, la seule habillée en noir, des traces de mascara sur les joues, regarde Esther partir avant les autres, elle est l'enquêtrice de leur enfance. La mort efface tout, se dit-elle.

2018

Durant les derniers mois de la vie d'Héloïse, Esther n'en revenait pas, elle n'était pas dans les rets de la maladie, elle pouvait se lever, courir, rien ne l'arrêtait.

Les mois qui ont suivi la mort d'Héloïse, Esther est abattue, elle nomme toutes les femmes qu'elle rencontre Héloïse, elle le fait encore, un an après, se heurtant partout à son absence, mais aussi prise par une envie de vivre, quasi délirante, à laquelle elle ne s'attendait pas.

Elle est en vie et le soleil de ce septembre est éclatant.

Esther s'endort avec cette pensée : faites que je meurs. À qui s'adresse-t-elle ? Aucune idée. Qui aurait le pouvoir de la faire mourir avant l'heure puisqu'elle ne croit pas en Dieu et ne compte pas se suicider. Pendant la journée, elle rit, elle est admirative, elle désire, elle marche, Esther se réveille avec cette sensation inouïe, elle n'est pas malade, rien qui l'emprisonne, quelle joie, et cette joie, cette envie d'en profiter, de tout, manger un sorbet à la poire trop froid, marcher dans les rues tièdes, aussi vive que la tristesse de la disparition de son double, elle peut, sans effort, succomber à cette injonction exaspérante, moderne, profiter de la vie offerte.

2018

Esther aimerait parler d'Héloïse, mais les morts n'intéressent personne.

Esther appelle la mère d'Héloïse.

Elles se retrouvent pour dîner ensemble. Sa mère lui dit, tout le monde est très gentil avec moi, mais personne n'ose évoquer Héloïse.

2018

Esther arrive à un âge auquel elle connaît de nombreux morts, où chaque année il faut supprimer de son portable des numéros, elle attend toujours trop longtemps, six mois, un an, on ne sait jamais, une autre fable, si le mort revenait, s'il apprenait qu'il a été effacé, comme ça, sans lui laisser la chance de réapparaître, qu'on a fouillé dans ses placards, lu ses mails, distribué ses possessions, donné ses vêtements. Il faut attendre un peu, estime Esther, être certaine que le mort est bien mort. Puis vient le regret d'avoir effacé les messages, les tentatives de se souvenir du numéro, de le rappeler, le numéro n'a pas encore été attribué à quelqu'un d'autre, il sonne dans le vide.

Esther arrive aussi à l'âge où un ancien camarade de classe est nommé ministre. Elle regarde son visage vieilli à la télévision, elle aimerait téléphoner à Héloïse pour lui dire, il est toujours aussi mignon, non ? Avec qui peut-elle désormais partager ses pensées les plus faibles ?

2018

Depuis qu'Esther s'est fait larguer, une douleur persistante lui donne envie de mourir, alors qu'elle est en excellente santé. Elle ne connaît personne aussi en forme qu'elle, elle nage trois kilomètres par semaine, mange de la laitue, dort neuf heures par nuit, fait la sieste, n'est jamais malade, n'a jamais été opérée, jamais une nuit à l'hôpital, un tel gâchis de forme et de santé, Héloïse aurait su quoi faire d'un corps aussi vivant que celui d'Esther.

Héloïse morte vivante quand il y a tant de vivants morts, aux vies répétitives, molles, sans désirs, alors Esther s'oblige, se lève et y va.

2019

Héloïse est morte depuis un an maintenant, une vie, la seule qu'Esther peut regarder, de ses débuts, onze ans, l'entrée en sixième, les promesses, à sa fin, cinquante-deux ans, comme une entité.

Esther contemple les étapes de la vie de son amie, ses Kickers aux pieds, ses patins à roulettes, ses bonnes notes et sa première boîte de nuit, ses diplômes et la déclaration d'amour de son futur ex-mari, ses emplois, ses bébés, la mort de son père, son divorce, ses chagrins face aux engagements qui n'en sont pas. Une vie parallèle à la sienne, sauf qu'une s'arrête et qu'il faudrait que cela cesse, se contenter de souvenirs. Esther n'est pas d'accord, un souvenir ce n'est rien.

Esther aimerait pourtant partager ici des moments joyeux avec Héloïse, des anecdotes qui dessineraient ce qu'elle a été, elle se confronte à une brume grise, celle de sa maladie et de sa mort d'où surnagent des regrets, ce qui n'a pas été accompli.

2019

Esther découvre le compte Instagram d'Héloïse. Il n'a pas été supprimé.

Elle était malade, elle postait des images de bord de mer à Cancale en Bretagne, à Gruissan dans l'Aude, de chemins et de fleurs à Giverny en Normandie, de voyage avec son amoureux, de mimosas #divinesurprise, de ciel bleu, #bleu, du Mont-Saint-Michel, de l'abbaye de Fontvieille, de cyprès, de vols de mouettes, et elle écrivait « zénitude », #printemps #joyeux. Elle avait eu le temps de voyager jusqu'à Assouan, #terrasseavecvue #nil, et à New York, #bigapple, #viewfromthesea. Elle est aussi allée à Venise et à Minorque, #mer, #beauté, la dernière image est celle d'une tour Eiffel scintillante, elle commente une dernière fois #parismonamour.

Héloïse avait tenu sa promesse de vivre jusqu'au bout.

2019

Esther a longtemps pensé que l'amour primait et que l'amitié était secondaire. Il y aurait une hiérarchie dans nos relations.

L'amitié est pour Esther facile, évidente, sans effort, durable, quand l'amour à chaque fois se fragmente.

Héloïse l'a connue avec un appareil dentaire et ne l'a jamais quittée. Elles se voyaient beaucoup, puis moins, puis à nouveau, sans heurt, sans rupture, sans reproche.

Elle n'exigeait rien d'elle, Esther avait le droit d'avoir d'autres amis, Héloïse n'était pas jalouse, il n'y avait ni rivalité ni règles, car l'amitié vous engage et vous protège sans les corsets et les obligations du couple. Il y a mille façons d'être ami alors qu'il y a peu de façons d'être en couple. La société a des intérêts dans le couple amoureux, elle lui impose donc un certain nombre de règles ; il faut avoir des enfants, fréquenter l'autre famille, vivre ensemble. Elle n'en a aucun dans la relation amicale, elle la laisse libre.

Esther n'a pas encore construit d'amour durable, mais est entourée d'amitiés qui le sont, Héloïse en était une des plus anciennes, un des grands témoins de sa vie. Esther comprend que l'amitié d'Héloïse a été une force plus fidèle et plus durable que nombre de ses histoires d'amour. Et ce n'est pas parce que l'amitié serait un lien secondaire ou moins exigeant que l'amour, mais parcequ'il est un lien sans modèle, sans règles, il correspond mieux à Esther.

2019

Il faut qu'Esther appelle Héloïse, tiens cela fait longtemps qu'elle n'a pas de nouvelles, Esther se sent toujours un peu coupable d'avoir abandonné Héloïse quand elles avaient vingt ans pour cause de bécébégisme. Depuis c'est presque toujours Esther qui téléphone à Héloïse, rarement l'inverse.

Et ça lui revient, Héloïse est morte.

Héloïse s'inquiétait pour Esther : pas de salaire, des livres au succès inégal, une vie amoureuse incertaine. Comment vas-tu faire ?

Héloïse voulait lui donner de l'argent. Elle voulait qu'Esther ne s'accroche pas à ce type. Héloïse la regardait les yeux ronds, effarée. Héloïse était sage, économisait, recyclait, investissait, envoyant ses curriculum vitæ si bien rédigés, ses lettres de motivation, allait à des rendez-vous à La Défense, avec des directeurs des ressources humaines, des consultants, des coachs, rédigeait des listes de points faibles, sa timidité, son manque d'assurance, de points forts, son sens de l'organisation, sa méticulosité, comment vas-tu faire ? répétait-elle à Esther. Héloïse avait trouvé un nouvel emploi, lui donnait le salaire au centime près. Tu crois que c'est assez ? J'aurais pu obtenir plus ? Héloïse décrivait le bureau, le chef, la mission, et avec les mêmes détails, le nouvel amoureux, son emploi, la rue où il habitait, son diplôme, le nouvel amoureux était assis sur le canapé chez elle, il regardait Héloïse comme s'il n'avait jamais vu une femme aussi exceptionnelle. Héloïse regardait Esther désolée, comme d'habitude, elle était seule et n'avait pas vraiment de travail. Quand elle avait enfin une bonne nouvelle, un espoir de quelque chose de stable, cela lui arrive très régulièrement, cette espérance, de l'argent, de l'amour, Esther téléphonait à Héloïse, son amie était vraiment contente et soulagée.

Esther s'intéresse enfin à la carrière d'Héloïse et lit le profil d'Héloïse sur LinkedIn, lui non plus n'a pas été supprimé, c'est un moyen de prendre de ses nouvelles.

> ***Essec*** *Diplômée de l'Essec Membre de la première promotion de la chaire LVMH – Management des produits de luxe 1989-1992* ***Sciences Po Paris*** *Graduated from Sciences Po*

Professionnelle de la communication d'influence et de la communication de crise, mon expérience s'est construite dans des secteurs exposés et fortement réglementés (pharmacie, casino, finance, utilities/énergie). J'allie une solide connaissance des enjeux sociétaux et RSE à une capacité à appréhender les enjeux réglementaires dans une grande diversité de secteurs.

Mon double parcours en entreprises et en agences en tant que conseil de directions générales me confère une capacité à définir des stratégies de communication et d'adaptation au changement et à assurer leur mise en œuvre opérationnelle, au service de la réputation des entreprises et de la défense de leurs intérêts stratégiques.

Esther est impressionnée, si elle avait été cheffe, elle aurait nommé Héloïse super-cheffe.

Peut-être que sa franchise, dire qu'elle ne sait pas, son honnêteté, dire ce qui ne se fait pas, sa droiture, dire ce qui est possible, son intelligence rigoureuse, dire comment cela est possible, sont inadaptées à ce qui est exigé pour « faire carrière » dans une entreprise capitaliste.

2019

Héloïse n'était pas en colère contre la trahison de son corps, l'incapacité des médecins à la guérir, elle s'est toujours soumise aux règles, à ce qu'on attendait d'elle, à la morale, tentant d'affronter au mieux, de se plier à ce que doit être une femme dans un milieu bourgeois. Une gentille fille, une bonne élève, une bonne étudiante, une bonne épouse, une bonne mère, une sage employée. Elle ne s'est jamais révoltée, elle était d'une loyauté sans faille envers les siens, mais elle était triste quand les choses tournaient mal. Elle ne comprenait pas, puisqu'elle faisait tout bien, qu'elle obéissait, pourquoi elle n'était pas félicitée pour ses efforts, pourquoi elle n'avait pas obtenu ce diplôme, pourquoi le directeur du master n'avait choisi que des garçons aux notes moins bonnes que les siennes pour les meilleurs stages, pourquoi on lui mentait, pourquoi elle était trahie, pourquoi elle n'avait pas eu cette promotion dans cette grande entreprise, pourtant son supérieur lui avait affirmé que, vu ses résultats, le poste était pour elle, pourquoi ce n'était jamais assez bien, pourquoi à la fois on lui reprochait son manque d'ambition et quand elle en avait, qu'elle montrait son désir, travaillait si sérieusement, ce n'était jamais pour elle, pourquoi elle était humiliée, sans en chercher la réponse ailleurs qu'en elle-même. C'était certainement sa faute. Cela ne se fait pas d'agir en dehors de la place assignée, celle d'une douce et souriante jeune femme, bien éduquée, bien habillée, bien coiffée, bien peignée, au service des autres. Il n'était pas question jusqu'à la fin de se départir de ce rôle, même dans la maladie : obéir aux médecins sans révolte, leur faire confiance, suivre les protocoles, même douloureux, il n'y a peut-être que dans l'amour, la quête amoureuse, qu'elle trouvait un interstice de liberté, s'interrogeant sur les possibilités, les rencontres que la vie lui offrit jusqu'au bout.

Esther apprend qu'Héloïse avait eu après son divorce un amoureux secret, il était marié, il était venu la voir à l'hôpital juste avant sa mort, et il avait assisté à son enterrement sans parler à personne.

2020

Esther n'est pas prête à affronter une nouvelle morte et évitait de prendre de ses nouvelles, une amie plus âgée, plus récente. Elle sait qu'elle va mourir. Le mari de cette amie ne lui laisse pas le choix : « Elle aimerait te dire adieu. » Esther cherche des excuses, n'en trouve pas, se retrouve dans un couloir de l'hôpital Bichat, au huitième étage, le mari l'accueille en ouvrant ses grands bras, la conduit jusqu'à la chambre et la laisse entrer seule. Esther est terrorisée.

Cette amie est ainsi face à la mort.

Vêtue d'un élégant pyjama repassé à rayures bleues et blanches, maquillée, les lèvres ourlées d'un rose fuchsia, les paupières assorties à ses yeux bleu électrique. Esther ne sait toujours pas quoi dire à quelqu'un qui va mourir, alors elle la félicite sur sa tenue, sur son maquillage, l'amie lui répond : « Le pyjama, c'est un modèle homme de chez Brooks Brothers, c'est un tissu spécial qui ne se froisse pas et le maquillage Make Up For Ever. C'est bien non comme tenue pour mourir ? »

Esther acquiesce.

L'amie lui raconte qu'elle a préparé son enterrement, elle aimerait qu'on entende Bob Dylan, que l'on boive du champagne rosé, elle ajoute en souriant, dommage que je ne sois pas là avec vous. Elle lui confie aussi qu'elle aurait aimé vivre au moins cinq ans de plus pour profiter de son mari, de son amour, mais c'est ainsi. L'amie l'interroge sur son amoureux et trépigne quand Esther lui dit que c'est terminé et qu'elle n'a toujours pas compris pourquoi. L'amie lui répond : profite de la vie, ne te laisse pas entraîner ailleurs par un homme qui n'a pas les épaules assez larges pour partager avec toi les joies et les tourments.

Esther dit à cette amie qu'elle l'admire, qu'elle admire la vie qu'elle a menée, qu'elle admire sa générosité, qu'elle l'admire d'avoir remis du rouge à lèvres, qu'elle l'admire de lui parler de la mort avec simplicité puis elles se disent adieu et s'embrassent.

Esther sort de cette chambre, il se passe en elle quelque chose de très important.

Esther n'a plus peur de la mort.

Sa mort est enfin envisageable, mais qu'elle n'arrive pas trop vite quand même, qu'elle lui laisse encore quelques années pour aimer un homme aux larges épaules et aux grands bras comme le mari de son amie.

2020

Héloïse s'inquiétait pour Esther. Arrête de ruminer. Avance. Laisse tomber ce qui ne marche pas.

Esther fait le contraire, elle est obsédée, elle perd du temps, elle s'obstine sur des événements, des gens qu'elle a perdus en espérant qu'ils reviennent alors qu'ils sont morts ou qu'ils ont disparu de sa vie. Elle est lente avec le chagrin, puis, sans raison, elle n'en revient pas de la vie qui lui a été donnée. Esther trouve de plus en plus souvent une forme d'exaltation à être vivante, elle a encore gagné sur la mort, elle peut toujours apprendre, progresser, accomplir.

Alors, Esther persévère à écrire ce texte, sachant qu'écrire ne console de rien, et lire non plus, et pourtant il arrive qu'une phrase ouvre un dérangement, et c'est ce dérangement qui permet de continuer avant de mourir à son tour.

À l'enterrement d'Héloïse, le prêtre avait annoncé à sa mère, à ses enfants, à son amoureux, « elle est ressuscitée ». Esther était en colère, il ne vaut pas mieux qu'une voyante de la pire espèce qui vous maintient dans des illusions, vous annonce que le prince charmant et la fortune sont là, ce mensonge pour qu'on baisse la tête, sans révolte.

On voudrait que la vie s'arrange, un éclat d'optimisme, qu'à la fin du livre l'auteur offre à ses lecteurs un « message d'espoir », ces annonces qui voudraient vous consoler et qu'on se transmet d'enterrement en enterrement, de chagrin en chagrin, « vos morts ne sont pas des invisibles, ils sont simplement absents », « vos morts vous regardent et vous protègent », « avec ceux qu'on aime, ce n'est pas le silence ». Ces mots sont des mensonges. Les morts sont morts, ils ne ressuscitent pas. Esther le sait maintenant. De nos morts, il nous reste des images floues, des éclats trop rapides, des souvenirs déjà déformés et leur affection vivante en nous.

Je tiens ici à remercier tous ceux qui m'ont encouragée, conseillée, lue, relue et re-relue.

Alice d'Andigné, Sophie Avon, Pauline Baer, Manuel Carcassonne, Natalie David Weil, Hélène Devinck, Stéphanie Dupays, Florence Hussenot-Haudoin, Paloma Grossi, Juliette Joste, Laurence Marchand, Claude Moureau-Bondy, Emmanuelle Lepic, Yaël Pachet, Monica Sabolo.

Cet ouvrage a été composé
par PCA
et achevé d'imprimer en France
par CPI BRODARD & TAUPIN (72200 La Flèche)
pour le compte des Éditions Stock
21, rue du Montparnasse, 75006 Paris
en avril 2021

Stock s'engage pour l'environnement en réduisant l'empreinte carbone de ses livres. Celle de cet exemplaire est de :
450 g éq. CO_2
Rendez-vous sur
www.editions-stock-durable.fr

PAPIER À BASE DE FIBRES CERTIFIÉES

Imprimé en France

Dépôt légal : mai 2021
N° d'édition : 01 - N° d'impression : 3043652
55-51-0315/1